銀河食堂の夜

さだまさし

幻冬舎文庫

銀河食堂の夜

目次

ヲトメのヘロシ始末『**初恋心中**』 7
オヨヨのフトシ始末『**七年目のガリバー**』 53
マジカのケンタロー始末『**無器用な男**』 107
まさかのお恵始末『**小さな幸せ**』 153
むふふの和夫始末『**ぴい**』 213
『**セロ弾きの豪酒**』 285
解説　南沢奈央 352

挿画　イオクサツキ

ヲトメのヘロシ始末

『初恋心中』

下町の人情のまだまだ残る、葛飾《かつしか》は京成四ツ木駅《けいせいよつぎ》にほど近い四つ木銀座の中ほどに小さな飲み屋があります。

あの震災から二年ほど経《た》った年の、普段より遅い桜も散り終え、露地の花水木が満開の頃に忽然とその店が現れました。

その店の名は「銀河食堂」。

ええ〝銀河鉄道〟じゃなくて「銀河食堂」。

しかも食堂なんかじゃありません。スタンドバーなのに居酒屋なので。

この、チョイと面白いような、ふざけたような名前をつけたヤツぁ一体どんな野郎だというので、この辺りの商店主達が何人かで亭主の器量を測ろうと飲みに来て、そのまますっかり気に入ってしまったような塩梅《あんばい》で。

それで馴染みになってみると実にこの、よろしいので。

何がよろしいのかと申しますと、酒に肴《さかな》、コの字に亭主を囲むカウンターの幅の広さ高さから椅子の高さ、店の中の明るすぎも暗すぎもしないという照明の具合。店の奥の角に大切そうに飾られている本物のチェロと、L字形の木のフックに吊り下げられた太い弓の醸し出す味わい。壁に掛けられた時代がかった柱時計の音色に、九人も座れば一人は立つ羽目になるというその店の広さから、六十でこぼこといった歳の亭主の、まるで昭和の頃のスタンドバーのマスター然とした、眼鏡の趣味から蝶ネクタイに渋い色のチョッキを羽織った品の良い物腰に無駄口の少なさまで。とにかくもう、何もかもがよろしいので。

この店には幾つも謎がある。

まずは、いつの間にかみんながマスターと呼ぶようになった亭主の経歴。

他人の経歴なんぞ聞くのは野暮だけれども、何となく気になって皆それとなく水を向けるが、マスターは自分のことは余り詳しくは話しません。

高倉健とまでは言わないが、苦み走った好《い》い男で、インテリぶらないインテリで、時折ひょいっと見せるどことなく翳《かげ》のある笑顔なんぞ、もしやこの人、元はその筋の人ではないかしらんと思わせるような奇妙な歯触りがある。

また、日に一度か二度ほど、どこで調理するのだか分からない大皿に盛った煮物や焼き物を五種類ほど運んできてカウンターに並べ、ちらほら小用を足してはすぐにいなくなる「お母さん」と呼ばれる、無口な、八千草薫とまでは言わないけれども小綺麗で小柄な女の人があって、これがまた謎だ。

他人の事情なんぞ分からないが、マスターの年格好からして母親と見るにはやや若すぎるようだし、かといって女房と見るには歳が離れすぎてるようでもある。

考えれば、幾ら都心から外れた葛飾の四つ木といっても、今時そこそこの店を張るにはそれなりの資本だって要るし、どう見ても常連達が入れ替わり立ち替わり、それでも一日十人ほどしか客のない店をどうやって回しているのだか、それに一体どういう事情でこの町を選んだのだか。とまあ、謎が謎を呼んで、それでもわざわざ自分達の生まれ育った四つ木を選んで来てくれたのだ、と思えば下町育ちのお節介な連中は結構嬉しいので。

従ってこの店の常連は、みな互いに幼なじみという町内の商店主やら、学校が同じだといった地元育ちの気さくな連中ばかり。

それぞれ自分の仕事が終わりますとなんとなくこう、ゆるゆるとこの店に集まってまいります。

＊

フリの客と見える四人が既に仕事帰りの一杯で心を満たし、美味しい食べ物で腹も満たしまして、ようよう席を立ちかけようというところ。

そこへ今日も今し方、待ち合わせたかのようにやってきたのは幼なじみの二人です。

壁の大きな柱時計が良い音色で九時半の鐘を一つボオン、と打ったところ。

「この辺りで独り暮らしのお婆さんが亡くなって、十日くらい前に見つかったろ？」

おしぼりでせわしなく手を拭きながらそう尋ねたのは、今年商店会の会長を押しつけられた、と誠に迷惑そうな蕎麦屋「吉田庵」の五代目、吉田輝雄《よしだてるお》。歳は三十九で仲間内の渾名《あだな》はテル。

吉田庵の売りは〝十割蕎麦〟で、何でも信州安曇野《あずみの》の常念岳《じょうねんだけ》の麓の蕎麦農家と提携して、無農薬で育てたものしか使わないそうで。最近〝何とか散歩〟でお笑い芸人にテレビで紹介されて以来、客も増えた様子。

「聞いたよ。妙な事件じゃなきゃいいけど」

そう答えているのは、輝雄とは木根川小学校からの幼なじみで菅原文郎《すがわらふみろう》。

コンピュータ管理会社の修理部門にいるのだそうで、肝心なことより余計なことの方に興味があるヤツだと周りは言う。九州のクライアントに頼まれて毎月修理に行くらしいが、仲間に言わせると『毎月修理するってのは修理してない証拠』なのだそうで、あまり頼りにされてはいないけれども、小学校からのムードメーカーで渾名はブン。

「ねえねえ、最近独り暮らしの老人って多いじゃない？」とブン。

「確かに」相づちを打つテル。

「年寄りは増えたが、粋な年寄りが減ったな」ブンが言う。「昔の年寄りはヨ、何だかおっかなかったけど、しゃんとしてたなあ」

「ああ。銭湯行くと、水滸伝の豪傑だの金太郎だの背中に背負《しょ》ったオヤジが妙に優しくてなあ。モンモン褒める気はねえが、最近、金がねえからかなあ、家族がいねえからかなあ。人生にがっかりしたみたいな年寄りが増えたよ」テルが淋しそうに答える。

「マスター。あれでしょ？　俺らのオヤジの世代からでしょ？　親と同居せずってなったの」ブンが聞いた。

今帰った四人連れの客の座っていた辺りを片付けていたマスターが一瞬考えるように黙りましたが、使用済みの皿など重ねながら、低くていい声で答えます。

「そうですねえ……学生運動の頃でしたでしょうかね？　子どもの学歴が親の学歴を超えた辺りからでしょうか」

「そうだよねえ。集団就職とか、中学、高校出て都会で就職した人は、自分の子どもには高学歴を付けてやりたい、と頑張ったんですよね」とテル。

「いわゆる……マルクス思想とか社会主義革命思想といった……当時流行《はや》りの思想や理論なんか、その頃の親達には理解出来なかったわけで、それを無知・無関心……と侮ったところもあったのでしょう……」

「ふんふん、自分の親達はバカだ、と」

布巾でカウンターを綺麗に拭き上げながら、「また、様々に自分を縛り付けるような旧《ふる》い家族制度からの解放願望が〝不同居革命〟に繋がったんじゃないでしょうか？　でも、誰にも悪意はなかった……気がします」とマスター。

「分かりやすい。マスターの話は分かりやすいね」ブンが深く頷いている。

「いえいえ、あくまで意見には個人差がありますので」マスターが額を中指で掻いています。

親に向かって〝同居せず〟と宣言すれば、未来の己も我が子と〝同居せず〟が必然ですので、いずれ自分で姥捨山《うばすてやま》に籠もる覚悟をするのが当たり前なのですが、人間と申しますのはそんな風に遠くまで見通しの良い生き方なんぞ出来ません。

で、選んだのでもなく、追い詰められたのでもなく、普通に生きて普通に独り暮らしをしているうちに普通に死ぬ。

さてそれを哀れだ、孤独死だ、無縁死だなんぞと今更のように騒ぐ方が無知、無慈悲というものでしょう。

まことに生きることは悲喜こもごもなので。

カラン、とドアのカウベルが一つ。男がひょいっと覗いて奥のマスターに声を掛ける。

「ども」

「おお、ヘロシ」テルが振り返ります。

「よお」

彼は葛飾警察勤めで、交通課を経て今は生活安全課に所属する真面目な安田洋《やすだひろし》警部。子どもの頃からロマンティックな夢見る少年で、渾名はヲトメのヘロシ。

生活安全課というのは、いわゆる市民生活を脅かす様々なことに立ち向かう部署で、ストーカー被害から騒音問題、近所のもめ事のようなものから、風俗営業、賭博、銃刀法、少年事件、サイバー犯罪まで扱う、まあ、生活の何でも屋です。

明日は非番のようで、すっかりリラックスした格好、燕脂《えんじ》色に白線のジャージ姿で一杯やろうというのです。

二人とは木根川小学校からの同級生でして。

「おめえよ、警官のくせにそういうヤーさんっぽい……つうか完全テツａｎｄトモじゃねえかよ」とテル。

「つせえなあ。テル、おめえだって蕎麦屋の亭主なら作務衣《さむえ》か何か着てろっつの。いつもそのユニクロのジーパンなんか穿いてよ」

「ユニクロじゃねえよ。しまむら」

「どっちだっていいよ」ブンが吹き出します。

「マスター、いつものね」とヘロシ。

「承知しました」

待っていたように出てまいります。

ここのグラスはどれもいいクリスタルですから、グラス同士が触れますとチィンといういい音がする。

8オンスのタンブラーも『ホッピー』も『金宮《きんみや》』もどれもしっかり冷えております。

「お待たせしました」

「ぜーんぜん待ってねぇ」テルが笑う。

「なに飲《や》ってるんだい」とヘロシ。

「俺はワイン。この間の旨いの」とテル。

カリフォルニア産のカベルネ・ソーヴィニヨン種の逸品『ディアバーグ』。

もっと高いのも安いのも軽いのも重いのもあるが、店にあるのはどれもマスターの好みの筋のワインだ。

「おれはいつものだよ」とブンがグラスを上げる。

「角ハイかあ」

「その大皿の、お母さんの炊いた茄子。旨《うめ》えぞ」とブン。

「ありがとうございます」マスターが微笑む。

ヘロシが喉を鳴らして『ホッピー』を飲むのを見ていたテルが嬉しそうに言う。

「おめえ、本当に旨そうに飲むなあ」

「旨えんだもん。殊に明日非番となりゃあ、……ね」

一呼吸置くも置かないもブンが急《せ》くように尋ねる。

「なあ？　あのお婆さんどうした？」

「あのお婆さんって？」とヘロシ。

「ほれ、亡くなって何日も経って見つかったっていう、あの……シラシゲ神社の近くのさ……」ブンが田中邦衛のような顔で口をとがらせます。

本当は白髭《しらひげ》神社なんですが、この辺りの人は「ヒ」が言えなくて「シ」になるから白髭神社はシラシゲ神社になるわけで。

ヘロシの爺さんなんぞ名前を久夫《ひさお》といったが、お蔭で生涯に一度も自分で自分の名前をちゃんと言えずに死んじまった。近所の人だってみんな「シサオ」さんと呼んで暮らして、最後は涙で送ってくれたんだけれども、「シサオー」「シサオさーん」と、笑っていいやら泣いていいやらの告別式だったという塩梅で。

安田警部の名前ヒロシも、シロシじゃ音が悪いというのでヘロシになった。

まあそんなわけで、筆者も面倒なので以後は一々表記しないが、この辺りの連中の台詞《せりふ》に「ヒ」が出てきた場合そちらで勝手に「シ」と読み替えてもらいたい。

「おめえら個人情報保護法って、知ってる？」

「知ってるよぉ」とブン。

「知ってるなら聞くな。いい？　俺ら警察官はそういう情報をむやみに人には言えねえの。守秘義務ってのがあるでしょ」とヘロシ。

ここ、勿論シュシギムです。

「事件じゃねえのかい？」とテル。

「だからぁ、言えねえって」

「なんかしようってんじゃねえんだ。ただ俺らはねえ、独りっきりで死んじゃったお婆さんって聞くだけで、ほれ、何だか胸が痛くてさあ。これが事件だったら、商店会だって暢気《のんき》にしてらんねえだろ」とテル。

「特にヨ、所帯持つ気のねえ俺なんかさ、他人事《しとごと》じゃねえからな孤独死って」とブン。

「おめえ、所帯持つの諦めたの？　まだ早いよ」とテル。

「諦めたわけじゃねえけど、このまんま行きゃあ……」

「孤独かどうかは本人にしか分からねえんだから、勝手な同情なんかしねえがいいよ」

何だか今日はヘロシ、哲学的です。

「そりゃぁ……そうだなあ」ブンが頷いています。

「あの人だって……」言いかけてヘロシが言葉を呑む。

永い沈黙です。何となくみんな黙っている。

「なんだよお」テルが止めていた息を吐き出すように言います。「ヘロシ、おめえ十二秒沈黙したぞ」

「そう……かな？」

「十三秒だった」とブン。

「何つったらいいかなあ……切ない話だったもんでねえ」

「ああ……その……お婆さんかい？」

「いやいや……おめえら口が軽いから」

「誰が他人に言うんだよ。『週刊文春』から頼まれたって言わねえよ、俺はョ」ブンが軽口を叩きます。

「本当かね」

「ハマグリのブンって言われてんだ」

「そりゃ口が堅いって意味じゃなくて、お湯かけりゃすぐに口を開くって意味だろが、バァカ。第一おめえはアオヤギだ」とテル。

「バカ貝」ヘロシが片頬で笑った。

「じゃよ、事件だったら、上向いて。事件じゃなかったらうつむいて。ヒントだけでいいからヨ」食らいつくブンに、とうとう笑い出すテル。

「まあ、おめえらなら……」

ヘロシ、深いため息をついたあとで、そっとマスターに尋ねた。

「マスター、安斉美千代《あんざいみちよ》って昔の女優さん知ってる?」

マスターが息を止め、何かを考える仕草をしたあと、思い出すように言います。

「ああ……言われなければ思い出さなかったと思いますが……かなり昔の……お姫様女優っていうんですか? 綺麗な人でした。それから、女博徒の映画でもひと頃少し話題になりましたっけ」

「そう……。さすがマスター。何でも知ってるなあ。そうですか。やっぱり綺麗な人だったんだね」とテル。

「そのお婆さん、女優さんだったのかい？」とブン。

「いいかい、これから話すことは、世間話だぜ、いいな？」

ヲトメのヘロシはそう念を押すと、こんな話をした。

＊

安斉美千代、本名菅野《すがの》美千代。

昭和十年秋に宮城県仙台の郊外で生まれた。

実家は百年近く続く『宮城野』という旨い酒を造る「宮城野酒造」で、兄二人姉二人という、五人兄妹の末っ子の三女だった。

実家の井戸水はその辺りでは名水として名高く、だからあんな綺麗な娘が育ったのだろうと周りで噂をするほど菅野三姉妹は美人揃いだったが、美千代は中でも群を抜く美少女であった。

美千代の物心つく頃には既に戦争は始まっており、世の中が分かるようになる頃には日本の戦局はかなり悪化していた。

美千代の父親は温和な人であったが、昭和十九年に中国戦線で戦死した。それで実家は祖父の伊左衛門《いざえもん》一人が支えていたのだ。

昭和二十年になり、仙台市内では空襲を怖れ、子ども達は疎開させられたが、菅野家の住む町外れの人々に、それほど緊張感はなかった。

昭和二十年七月十日の仙台空襲で仙台市内は焼き尽くされた。

郊外にある実家が燃えたのは直接の空襲によるものではなく、仙台市内から燃え拡がった大火災による類焼であったが、幸いにして蔵だけは燃え残った。

この晩……正確には七月九日の夜だが……お爺ちゃん子の美千代は、実家の一番奥の部屋で祖父の伊左衛門の懐に潜り込んで眠った。

しかしこの数日前に米軍からの空襲予告ビラがあったため、大人達はかなり緊張しており、伊左衛門は美千代が眠ったのを確かめた後、近在の大人達と夜警に出た。

仙台市内に空襲警報が出されたのは日付が十日に変わる深夜零時過ぎのことで、あっという間に仙台の夜空が深紅に染まった。

火はまさかの速さで拡がり、すぐに自宅に飛び火した。家の子ども達は皆慌てて庭先に脱けだしたが、この時、一番奥の部屋で眠っていた美千代だけが逃げ遅れる格好になった。

これを救ったのは次男坊大二郎《だいじろう》の親友で、たまたまこの晩、泊まりがけで遊びに来ていた忍野幸三《おしのこうぞう》だった。

忍野の家は同じ町内の、長茄子漬けで有名な「みやぎや」という漬け物屋。幸三はその家の三男坊で、走っても速く、力持ちでもあり、責任感も強い、と人気があり、近在でも評判の秀才でもあった。

幸三はたたき起こされ、菅野の兄妹達と一緒に庭まで飛び出したものの、誰かの「美千代ちゃんは!?」という叫び声を聞くやいなや、それこそあっという間に井戸水を頭からかぶって韋駄天《いだてん》の如く家の中に飛び込んだのだった。

家はたちまち炎に包まれたが、一同が呆然とするうち、幸三は奥の部屋から美千代を背負って戻り、涼しい顔をしていた。

家族は泣いて喜び、幸三は美千代の生命《いのち》の恩人となった。

*

「今度のことがあったので実家に連絡をしようとしたんだが、もう実家はなかった」

「そうかい。じゃあ、身寄りもなかったってことかい?」

「いや、彼女の手記っていうか、日記のような書き付けが残っていてね。遺族の連絡先はすぐに分かった」

「なるほど」

「二番目のお兄さんの大二郎って人がまだ健在で千葉で暮らしていた。その人に連絡が付くと、すぐに事後処理やら手続きに来てくれたわけだ。それでまあ、事情聴取ってわけじゃないが、毎日毎日、世間話のような雑談でもって色々と話を聞いたわけだ」

「本当に事件性はないのかい？」

「うん。まあ」

「まあってなんだよ、やっぱ怪しいんだな？」とブン。

「おめえ、そんなにしつこかったっけ」つい声が大きくなる。

伸びをしながら二本目の『ホッピー』を頼んで、ヘロシがそっと言う。

「これねえ……心中の一種だと思う」

「そーれみろ、やっぱり何かあったな」とテル。

「そうじゃねえ。いいからよく聞け。お婆さんは自然に亡くなった。事件性のない自然死だよ。それは確かだ」

「だっておめえ、今、心中って言ったじゃねえか」テルが食いつく。

「いや、だから……分かんねえかなぁ。ロマンよ、ロマン」

「まぁた始まりやがった。ヲトメチック・ヘロシ起動、ジョワ――――ン」とブン。

「なんとでも言え」

ヘロシは二本目の『ホッピー』を受け取って、訥々《とつとつ》と話を継いだ。

*

仙台空襲の晩、燃えさかる炎の中から自分を助け出して走る幸三の背中に懸命にしがみついた時の、彼の肌の温もりと逞《たくま》しさと汗の匂いは、幼い美千代の胸に深く深く刻まれることになった。

この時以来、美千代にとって幸三は特別の人となったのだ。

ふと幸三を思う時、身体が火照《ほて》るような、強烈な熱が少女の胸を焦がした。男と女のことは全く分からない幼い少女であったが、本能のような想いが美千代を支配した。

やがて幸三は東京の大学へ出ていき、美千代は暫《しば》くすると幸三のことを忘れた。子どもには子どもの世界が拡がっている。一時の熱のようなものは去り、その名前を聞いても、どこかくすぐったいような照れくささが胸の奥でくすぶるだけになった。

しかし数年後の暮れ、帰郷した幸三が祖父を訪ねてきて久しぶりに対面した瞬間に、美千代の心は沸騰した。涙が溢れて困った。この日、美千代は初潮を迎えた。

以来、幸三は常に「決心」の如く美千代の胸に棲《す》んだ。

中学を卒業したら女優になる、と美千代が祖父に打ち明けたのが卒業前年の暮れだった。女優になるのは止めぬが高校は出ておきなさい、と言う祖父に美千代は激しくかぶりを振った。幾ら説得されても今から女優になる、の一点張りであった。

この年に幸三が映画会社に就職したと聞いたからである。

一刻も早く幸三に会わなければならない、とでもいうように彼女の心は自分を急かした。

春になるまで祖父も母親も、二人の兄も二人の姉も、代わる代わる説得を試みたが、美千代の決心は揺るがず、春を過ぎてから祖父は幸三に会いに渋々東京へ出掛けた。

＊

「え？　何だよ、片思い？」とテル。

「人が一所懸命話してるのにクチバシを挟むなって。ここからが凄い」ヘロシが言いかかるのへ、ブンが脇から妙なところへ手を伸ばしました。

「ねえ、マスター、ところでその、豆みたいなのは何？」

不意に立ち上がったブンが、カウンターに並んだ大皿の間に置かれたタッパーウェアを指さしています。

「それって、黒酢に漬けた黒豆？」

「ええ。そうです」

マスターが振り返って答えた。

「あ、やっぱそぉかあ。うちのお袋が凝っててさ」

「豆みたいなのって、どう見ても豆だろが。急に何だよ」テルが吹き出しました。

「バァカ、今流行ってんだぞ、黒豆食べると血液ダラダラになるんだ」

「サラサラだよ。バカ。何が血液ダラダラだ……急な鼻血じゃねえよ。いきなり話変えんなよ。今、折角ヘロシの話がいいとこだろがぁ、このバカ」テルが吐き捨てる。「おめえさ、聞く気がないなら帰れ」

「じゃ、俺にもその黒豆ください」とヘロシ。

「乗るのかよ、こんなヤツによ」テル、がっくりとうなだれる。

「結論から言えよ、ヘロシ。で、事件じゃねぇんだろ」とブン。

「ブン、俺明日は休みなんだ。時間は腐るほどあるから、ゆ――――っくり話すんだよ」

「俺はつきあうぜ」テルは興味深そうにそう言いました。

「そりゃあ、俺もつきあうさ。ちょっと何かつまみが欲しかっただけじゃねえか」ブンが言い訳をしております。

「そうかぁ幸三が映画会社に勤めたのがきっかけで、女優になったのか」とテル。

「それは凄い再会だったらしいぜ」ヘロシがニヤリと笑う。

＊

一番可愛い孫娘の恩人となった幸三は、以後、町の実力者でもあった美千代の祖父の伊左衛門の秘蔵っ子となる。

伊左衛門は、やがて幸三のために町を動かし、返還不要の奨学金を作ってやり、尚且つ下宿の費用まで出してやった。お蔭で幸三は悠々、東京の大学に通うことができた。昭和二十一年のことだ。

漬け物屋の三男坊の幸三は家を継ぐ必要もなく、こうして思い通りの人生を歩む自由を得た。しかし自由というのは難しい。無条件にハナから何でも好きにしてよい、というのはひと筋の光もない闇の中でどちらへでも歩いてよろしい、と言われるようなもので、幸三は実のところ、自分がどこを向き、何をどうすればいいのかさっぱり分からなくなってしまっていた。

しかも迷った場所が大都会とくれば、大きく道を踏みはずしてもおかしくはない。

それで過《あやま》たぬよう、心のアンテナを高く高く伸ばし己の興味を探るうちに、大きく心を動かすものに出会った。それが『映画』であった。

幸三は大学を卒業後、映画会社の門を叩き、見事、脚本部に採用された。

しかし一度撮影を体験してみると突如として演出家への夢が募り、その希望断ちがたく、会社と懸命の折衝の挙げ句、脚本部に籍を置いたままで演出部との二足のわらじを許されたのは、昭和二十六年を迎えたばかりの雪の日のことであった。

いかに幸三が会社に期待されていたのかが分かろうというものだ。

その年の春が過ぎた頃、仙台の伊左衛門から突然面会を乞う簡単な手紙が届いた。

幸三が上京して以来、伊左衛門が東京まで自分に会いに来たことなど一度もなかったので、胸騒ぎがしたが、杞憂であった。

伊左衛門が仙台のはずれから一日がかりで上京した理由は、可愛い孫娘の美千代を「女優にしてくれぬか」と幸三に直接頼むことだったのである。

否も応もない。幸三は瞬時の躊躇《ためら》いもなく快諾した。

幸三はこの時まだ下っ端助監督の身分ではあったが、この頃の映画産業は日の出の勢いで、役者の一人や二人の面倒を見てやることは、幸三の立場でも大して難しいことではなかった。

それに数年会ってはいないけれども、幼なじみの美千代の顔立ちの美しさは折り紙付きだった。

それで改めて日時を決め、美千代自身が上京して面接することになった。

といってもそれは試験、というほどの難しいものではない。会社の上役と面接し、演出部や撮影部の誰かに見てもらうだけのことだ。

その日は昭和二十六年十月八日のことで、砧《きぬた》公園のコスモスがようやくそこここに揺れ始めていた。

美千代はすぐ上の姉である次女の美子《よしこ》に連れられて、撮影所に現れた。彼女を応接室で出迎えた時、幸三は息を呑んだ。

美千代の余りの美しさに、である。

華奢《きやしや》な身体からは清潔な色香が立ちのぼる。色白のきめ細かな肌。そして、その大きくて清い双眸《そうぼう》からは知性が溢れ、薄紅色の唇は小さく上品で、声音は鈴を転がすように澄んで美しかった。

会社の上役も、演出部も撮影部も呆気にとられたように言葉を呑み、挨拶もそこそこに飛び上がるようにいなくなったかと思うと、それぞれのチーフを連れてまた戻った。

いつの間にか広い応接室は人で満ち、大きなため息に溢れ、ときめくような『ぞめき』に揺れた。

美千代は十六歳になろうとしていた。

＊

「お、何だよ。面白くなってきやがったじゃねえか。マスター、お代わりね。あ、待て、今便所へ行ってくるから、帰ってくるまでその先喋るんじゃねえぞ」

ブンが慌ててご不浄に飛び込んだので、ヘロシとテルは思わず吹き出します。

「誰がブンなんか待つかってんだ。なあ」とヘロシ。

「それにしてもおめえ、話がうまいね。聞き入っちゃうじゃねえか」テルが目を丸くして感心している。

「でも芸能界ってのは俺達素人には分からねえ世界だけど、その当時……終戦後の日本の映画界なんざ、よほど難しい世界だったんだろうな」とテル。

「そりゃそうさ。金動くところ闇あり、だ」

「そうなの？　そういうことわざがあるの？」とテル。

「俺らはそう言うのよ。利権があれば必ず闇の力が介入する。時代で言えば戦後の極道の揺《よう》籃期《らんき》ってヤツでよ……」

「ようらんきって何だ？」

「ゆりかごに入ってるって感じ」

「おおお、これから動き始めるってわけ？」

「そうさ、戦前の俠客《きょうかく》が戦争で死滅して戦後のヤクザに変身しちまう時期よ」

「じゃあ、なにか？　この話もヤクザが……」

「待て待て待て」

慌てふためいたようにブンが雪隠《せっちん》から戻ってまいります。

「言うなよ、先に言うなよ」

「手ぇ洗ったのかよ、てめえ」テルが笑う。

「洗うどころか、慌ててたんで脇へこぼした」

「汚ねえなあ、マスターおしぼりおしぼり」

マスターが笑いながらおしぼりを差し出すと、「冗談だよォ。ちゃんと洗ってきたって」

ブンが吹き出しました。

「それで？」

テルが促すのを待ちきれぬようにヲトメのヘロシは話を続けます。

ボオン、ボオンと、柱時計が十を数えました。

*

当時、時代劇映画は絶頂期。

美千代は母方の姓を取って「安斉美千代」と名乗った。

安斉美千代は、いきなり中村段蔵《だんぞう》という大スタア男優の主演する『太閤記』で信長の妹「市」の役に抜擢され、この映画が当たったことで、たちまちスタアの仲間入りをする。

観客は皆、安斉美千代の上品な美貌と美声に魅入られたのだ。美千代を発掘した格好になった幸三の株が大いに上がったことは言うまでもない。

しかし、美千代の恋の方は思い通りにはいかなかった。

彼女は京都撮影所での仕事が多く、幸三の住む東京からは特急でも一日がかりの移動になる。脇役でも撮影に入れば殆ど半月は缶詰になるので全く身動きが取れない。助演級の役ともなればほぼ二ヶ月は拘束されるから、京都暮らしの方が長くなる。

しかもなかなか幸三と同じ組にはならないのだ。『南総里見八犬伝』で、やっと同じ組に入ったが、美千代の役は「伏姫《ふせひめ》」で、今度はあっという間に出番が終わる。

幸三は撮影時は助監督という立場だが、毎日の撮影が終わっても毎夜脚本部の仕事があるから、休みは殆どない。周りが「よく持つものだ」と言うほど、幸三は働きづめに働いたが、評価もぐんぐん上げていった。

美千代の幸三への想いは日ごとに募ったが現代とは時代が違う。他の俳優達の、かなり発展的な話を聞くこともあったけれども、美千代にとってこの恋はもっと神聖で大切なものだ。したがってどれほど熱い想いであろうとも、木の実が熟すまで、忍耐強く待ち切る覚悟だったのである。

あっという間に美千代は十九歳になった。出演映画も十本を超え、女優としての人気も出たが、会社としては「お姫様女優」のまま終わってもらっては困るという思惑もあり、現代物の準主役の話が巡ってきたのである。

しかもその映画は忍野幸三の初監督映画として企画された。幸三のキャリアではまだまだメガホンを持つことなど許されなかったが、大監督の川崎嘉次郎《かわさきかじろう》から「才能あり」と許可が出たのである。

勿論、美千代の発掘者としての褒賞のような意味もあった。

再会以来、幼なじみの目を見張るような成長と美しさに驚き、感動した幸三の心も、既に美千代にすっかり奪われていた。

この映画で、互いの恋慕の情が融点を超え、沸点に達した。

幸三は葛飾、四つ木にある小さな家を借りて独りで暮らしていたが、美千代が密かにこの家に通うようになるまでに時間はかからなかった。

美千代の恋は叶った。

父を早くに失った美千代は幸三に父を感じた。そして幸三に抱かれて眠る時、祖父の温もりのような絶対的な守護を感じるのであった。

以後、一緒に暮らすことこそ出来なかったが、仕事が忙しくなればなるほど、二人の逢瀬《おうせ》はこれまで過ごしたどの時間よりも濃密で麗しく、甘美だった。

いじらしいほどささやかで密やかで、しかも短い、二人の幸せの時間だったのである。

そうして事件は起きた。

*

「おいおいおいおいおいおい。よせよぉ」ブンが叫びます。

「ようやく幸せになったんじゃねえかよ。そのままにしてやれよ、おい、テルぅ、ヘロシい」頼まれても困るのはヘロシです。

「よせやい。俺がどうこうできるモンじゃねえんだ」

「そりゃそうだけど……なんかの事件に……巻き込まれちゃうのかい？……やだねえ。マスター、話が佳境に入りそうだからワインお代わり、さっきのより少し重めの」テルの言葉にマスターが柔らかに頷いています。

「俺も角のハイボール、お代わりね」とブン。

「何だか、辛い話になりそうですね」マスターがグラスを置きながらそう囁《ささや》きます。

軽く頷くと、ヲトメのヘロシが大きなため息をつきました。

＊

当時の映画会社は離合集散を繰り返していた。闇はそういった隙間を狙って忍び寄る。

幸三がかねてから黒い噂のある会社の役員、町田源治郎《まちだげんじろう》に呼び出されたのは、時代劇の絶頂期だった昭和三十年の暮れのことだ。

美千代は二十、幸三は二十八になっている。

幸三の頭の中に美千代との結婚の二文字は常にあったが、会社にはあくまで内証の恋である。人気女優は「ドル箱」といって金蔓《かねづる》であり道具だ。結婚となればどれほどのアイドルでも人気は急落する。会社の不利益を考えればなかなかそれを言い出せずにいた。

美千代の方は元より幸三の心と共にあることが幸福の全てであって、世間の言う婚姻などにはさしたる興味もなかった。幸三との密かな逢瀬の時間をただひたすら、活き活きと楽しんでいた。

町田はその晩、当時流行り始めたナイトクラブに幸三を誘った。

幸三は酒は飲むが、仲間との映画談義で酌む酒が好きなのであって、酒場は好きではない。誘われるままに店に行くと、派手な匂いのする女性が五人ほど幸三の周りに座ったので少し戸惑った。町田は慣れた風にボウイを呼び、酒を頼んだ。

飲み慣れぬカクテルを口に運び、興味のない話題に相づちを打つのは苦痛だったが、役員の手前、嫌な顔は出来なかった。

町田は会社の中で不人気だったが、何故か奇妙な力があった。

「紹介したい、いい人がいるんだ」町田はそう言ったが、その人物が現れた途端に幸三は吐き気がした。

四十前後に見えるその人物は、高級そうな三つ揃いを着て葉巻をくわえていた。

一目見て堅気でないことが分かった。役者の演じる絵空事のヤクザよりはうんと上品で、それでいて有無を言わせぬ圧力があった。

男は柔らかに挨拶をし、柔らかに名乗り、柔らかに座り、柔らかに笑った。

幸三は便所に立ってそのまま逃げ出すことも考えたが、町田の手前それは不可能だった。

嫌な予感だけが胃の奥に湧いた。暫く談笑してもその嫌な予感は少しも変わらなかった。

やがて町田は手洗いに立ち、そのまま消えた。そしてその晩、二度と姿を現さなかった。

「役員はどちらへ行かれたのでしょうね」

幸三が尋ねても、女達は曖昧に笑うばかりだった。

帰ろう、そう決めて立ち上がり挨拶をしかかると、「まあ、いいじゃありませんか」と男は笑った。押さえつけて離さないような、不気味で重たい笑顔だった。

それから暫く雑談に相づちを打っていたが、突然その男が、「私は安斉美千代さんの大ファンなんです」と言った。

しまった、と思った。この男の狙いは美千代だったのである。

「あなたのお力で一度お目にかかることは出来ませんかねえ」

男は温度を感じさせない声でそう言った。

「勿論……無理なら構わないんですがね」

「私は……」喉の奥が恐怖で引き攣《つ》れるようだった。

子どもの頃から力は強い方で、運動も得意で、勇気もあった方だ。あの空襲の晩に美千代を助けに行った時も、少しも恐れはなかった。

　そういう場合に男の為《な》すべきことの覚悟は常に出来ていたからだ。軍国少年だったのである。

　しかし僅か十年のうちに心は緩んだ。

　他人を恐れ、怯《ひる》む自分に驚いたが、我が身に代えても美千代を護らねばならぬ。幸三は我と我が身を励ました。

「私は……美千代の許嫁《いいなずけ》です」声が震えるのが分かった。

「ほぉ……そうですか」男は顔に張り付いたような笑顔を少しも崩さなかった。「それはお幸せなことですねえ。いえいえ、私はねえ、何も、その……あれです、美千代さんにお引き合わせいただければ幸せだと申し上げているだけなんですよねえ」

　男の本音がそうではないことは、その目を見れば分かる。

　周囲の女性達が一斉に声を失ってその言葉を聞いているのを見れば、この男がどれほど恐ろしい力で彼女達を威圧しているかが分かる。

　狡猾《こうかつ》で、強引で、いやらしい欲望をこの男は隠さない。隠す必要もないほどこの男の闇は広く深い。

幸三はもう一度己を奮い立たせた。

「美千代を……闇の人にご紹介することは出来ません」

初めて男が真顔になった。ギリギリッと歯ぎしりの音が聞こえた気がした。

「そうですか」男は笑わずに頷いた。「野暮なことを申し上げました」

男は乱暴に立ち上がり、静かな声で「お開きだよ」と女達に言った。

それからちらりと幸三の顔を見ると静かに去った。

幸三はその目を忘れない。人の目の温度ではなかった。

僕はこの男に殺されるか、あるいは僕がこの男を殺すだろう。心のどこかで幸三はそう思った。

それからあの役員への怒りが湧いた。あの役員も闇の人間なのだろうかと思った時、幸三の心は少し折れそうになった。それでも、美千代を護ろうと思った。

新年を迎え、美千代は砧の撮影所で新作時代劇の撮影に入り、幸三は監督としてその作品に臨んでいた。役員の町田と顔を合わせることはあったが口も利かなかった。

二度と会いたくない男の、あの冷たい目つきと歪んだ笑顔を思い出すだけで不愉快だったのだ。

その日、美千代は自分の出番が終わった後、夕方から、次作品の打ち合わせのために丸の内にあるホテルに出掛けた。幸三は撮り残しがあったので、少し遅れて同じホテルに向かうことになっていた。

撮影所の出口で町田に会った。幸三は無視してそこを離れようとしたが、町田がニヤニヤしながら揉み手で駆け寄ってきた。

「いやあ、忍野君。安斉君を説得してくれたんだってねえ。あの方、喜んでいたよ」

心臓に刃物が突き立った気がした。

「どういう意味ですか?」

突き飛ばすような勢いで言った。

「え? なにが?」白々しい顔で町田は言った。「安斉君があの方と会ってくれることになったって。君が説得してくれたので、憧れの人に会えるって、喜んでたよ」

棒を呑んだように身体が動かなかった。ようやく町田の腕を摑むと大声で言った。

「美千代をどこへやった!!」

町田は引き攣るように笑った。

「あれ? 丸の内の……ホテルはあなたが手配したんでしょう?」

町田を殴り倒したことは覚えている。周囲が騒然とした。幸三はタクシーでホテルの名前を叫んだ。

そこから記憶が途切れた。

気がつくとあの男が頭から血を流して横たわっていた。床でもう一人の男と共に冷たくなっていた。

幸三の手にはホテルのロビーの暖炉脇にあった鋼鉄製の棒が、血まみれになって握られていた。

この時幸三は自分が一体何をしたかの記憶はない。だがどうやら幸三はその男とその男の舎弟らしいチンピラの二人を殺害したらしい。

それだけは分かった。

美千代は全裸のままでベッドと壁の間に倒れていた。息があるのを確認して、幸三はようやく我に返った。

美千代の口元には殴られた痕があり、まだ血は乾いていない。それ以外にも身体のあちこちに暴行の痕が痛々しく残っていた。

「ごめんね、美千代。ごめんね」

そう囁きながら幸三は美千代の口元の血を拭い、タオルを濡らし、血に染まった顔を拭いた。

幸三は美千代を毛布でくるんでさすり続けた。そしてソファに横たわらせて嗚咽《おえつ》した。

「ごめん、美千代。ごめん」

　ふとうつろな目を開いた美千代は掠《かす》れる声で、「こうちゃん、また、……助けに来てくれた」こぼれるようにそう言うと、再び気を失った。

　サイレンが鳴って警察官が駆けつけ、幸三は顔色一つ変えずに現行犯逮捕された。

＊

「え!!　殺しちゃったのか!?」ブンが目を丸くしています。

「男の舎弟と思っていた若造は政治家の秘書だった。男は東王組の若頭でそれまでに人を三人殺していた。うち政治家が一人」

「美千代の思いを……考えるとさ……辛すぎるね」とテル。

「いや、この事件に彼女は一切関わりがないことになった」

「どういう意味？」とブン。

「人気女優が監禁・暴行されたとなれば、もう商品にならないからだ。だから安斉美千代は現場には行ったこともなく、その男どものことは全く知らないってことにしたわけさ」

「それで通ったのか？　今だったら、エラい騒ぎだぞ」とブン。

「ははあ、その東王組の男はこれが上手くいったら政治家に美千代をあてがって、太い金蔓にしようとしたんだな」テルが歯ぎしりしながら言いました。

「その通りさ。そういうことが当時幾らもあったらしい」

「幸三はどうなったんだ？」とテル。

「それからが悲しい」とヘロシがため息をついた。

＊

安斉美千代が誘拐、監禁された、と「誤認」した忍野幸三は、その首謀者の一人と目される映画会社役員・町田源治郎を暴行。その後タクシーで駆けつけたホテルの一室で二人の男ともみ合いになった結果、殺人に及んだ。安斉美千代はこの現場におらず、忍野幸三独りによる犯行とされた。

砧の撮影所で殴りつけた町田源治郎は首の骨を折る重傷。東王組若頭の首藤英二《しゅとうえいじ》は脳挫傷で即死。自称、民自党代議士の秘書・川西紀夫《かわにしのりお》は内臓破裂と脳挫傷で即死。

武器は暖炉用の鋼鉄製火かき棒一本。

会社はこれで押し通そうとした。

事情聴取は美千代にも及んだが、彼女の証言はどういう理由からか、完全に無視された。美千代の祖父・伊左衛門は己の知る限りの弁護士を雇い、裁判費用も全て出して応援した。たとえヤクザといえども殺せば殺人だ。それに事情はどうあれ代議士秘書まで殺している。映画会社の役員は生命は助かったものの、首の骨を折る重傷だった。

一審では忍野幸三への判決は懲役十三年。幸三の弁護団は即日控訴した。

この頃、部屋から救い出される安斉美千代を見た、というホテル従業員の証言がマスコミに漏れた。毛布にくるまれたまま救急車に乗った、と具体的だった。

これが事実であれば、過剰防衛の誹《そし》りは受けるだろうが、忍野幸三は愛弟子・安斉美千代を護ったわけで、映画会社はなぜそれを隠すのか。マスコミはいっときこのことで騒然とした。

美千代は証言台に立つ、と言い張ったが、映画会社は頑としてこれを阻止した。

大切な商品を傷つけてはならぬ。大がかりな買収と箝口令《かんこうれい》とによって美千代の不在は証明された。会社の社長の肝いりであった。

幸三もあくまで自分独りの凶行であり、そこに美千代はいなかった、と申し立て通した。

事情を知るものは映画会社役員の町田源治郎ただ独りで、この男は事情聴取の時に「確かに東王組の若頭・首藤英二に安斉美千代を紹介するために忍野を懐柔しようとした」と証言した。

かくして様々な力が働いた挙げ句、懲役七年の実刑判決が確定した。

そして事件の記憶も薄れかけた昭和三十三年一月五日に、忍野幸三は宮城刑務所に収監された。

美千代は待つ覚悟をした。これから必死に働いて、幸三が刑務所から出てきたら所帯を持つ。そのためには自分が働いて働いて働いて、お金を貯めなければならない。

幸三の出所後の身の振り方はまた祖父に頼めばいいし、実家に籠もって二人で酒造りをしてもいい。

美千代は仕事を選ばなくなった。時代劇女優としての人気は更に高まっていったが、一方で忍野事件の印象も払拭しきれず、微妙な立場に置かれ、役柄も無垢なお姫様役から、腹黒い悪役まで来るようになった。

昭和三十五年を過ぎると、時代劇の凋落《ちょうらく》が始まった。

昭和三十九年の東京オリンピックへ向けて高度成長の波が日本中を覆い尽くしたが、テレビジョンの普及で映画産業そのものに陰りが出始めた。

悪いことにこの年、祖父の伊左衛門が七十七で死んだ。脳卒中だった。

忍野幸三事件以後お姫様女優としての美千代の人気は確かに陰った。しかし、転んでも只では起きない業界である。思いがけない役を持ってきた。

『女博徒　桜吹雪のお嬢』

安斉美千代をヤクザ映画に使おうとしたのだ。

既に女優業の未来ではなく別の目標を抱いている美千代は、躊躇わずにこれを受けた。これがシリーズ物になった。大ヒットしたわけではないけれども、中ヒットが続けば大ヒット一作を遥かに超える。

こうして七年近く待って、やっと迎えた幸三の出所の日。

美千代は宮城刑務所の門の前で一日立ち尽くしたが、待てど暮らせど幸三は姿を現さなかった。幸三は密かに裏門から出所していたのだ。

いつ、どのように出所したかは、三日間も立ち尽くす美千代の姿に同情した刑務官がそっと教えてくれた。

女性が一人迎えに来てくれることは知っていたが、自分は二度とその人に会ってはいけない身だ、と懇願されたのだ、と。

出所後、幸三は失踪した。どれほど尋ね歩こうとも、幸三の消息はつかめなかった。

九州で炭坑夫として働いている、という話や、西成《にしなり》のドヤ街で見た、という話のどれをとっても当てにならない噂ばかりだった。

美千代は昭和四十年の段階で約束していた映画の全てを撮り終えるのに、それから更に五年を要したが、最後の映画を撮り終えたのを機にきっぱりと引退した。

昭和四十五年のことで、彼女はまだ三十五歳だった。

稼ぎに稼いだお金は幸三と暮らすためのものだ。そのためと思ってどんな仕事もこなしてきた。しかし幸三の失踪によって、何の意味もないお金だけが残った。

いくら考えても、幸三が何故、自分の前から姿を消したのか分からなかった。

確かにあの事件で美千代の身は汚された。それが幸三には許せなかったのだろうか。

ああ、きっとそうだ。あの瞬間、私は舌を噛んで死んでしまうべきだったのだ。

美千代はそう思うたび、悲しくて吐いた。何も食べられず、ようやく食べてもまた吐いた。

時々見る夢は同じだった。幸三が自分を救い出し、毛布にくるんで身体をさすってくれた。さびた鉄のような臭いが充満していたが、あの温かで大きくてがっしりとした身体と彼の汗の匂いが支えだった。

美千代は引退後すぐに葛飾の四つ木にある、かつて幸三の住んでいた家を買い取り、その家で独りで暮らすようになった。

幸三がいつ戻ってきてもいいように、玄関の鍵は掛けなかった。

そうして待ち続けてこの夏の終わり、八十歳で独り静かに生涯を終えた。

「この町には四十五年も住んでたってこと？　そんじゃぁ、どこかですれ違ってそれとなく挨拶なんかしたかもしれねえなあ」とテル。

一同言葉が重たい。

＊

「そりゃあ、おめえんとこの十割蕎麦なら食べに来たことぐれえあるだろうさ。きっと綺麗なお婆さんだったと思うぜ」とヘロシ。

「男を待ち続け、その後も操を立て通して八十で独り静かに死ぬなんざ、そんじょそこらの人間に出来ることじゃねえだろうよ」テルが涙ぐんで言います。

店の中が静まり返りました。

マスターがテルの前にグラスを置く。ワインを注ぐトクトクトクトクという音だけが店に響きます。

「そういう……なんつうの？　心の綺麗なお婆さんをさ、独りっきりで死なせるつうのは……おい、警察、何やってんだ！　って言いたいよね、マスター」とテル。

「何だかよ。水くさくねえか、その男。惚れてた温度ってあんだろ」ブンが珍しく哲学的なことを言います。

「ただ……どうでしょうねえ……幸三さんの身になってみれば……一緒に暮らしているある日、汚された美千代さんの一瞬を思い出すことがあったとしたなら……それは悲しくて苦痛だったと思いますよ」ふとマスターが呟きます。

「どれほど離れていても愛は豊饒《ほうじょう》で静かな海です。でも……どれほど近くにいても憎しみは突然、間欠泉のように心から噴き出して誰かを傷つけるものです……」

それからマスターは言葉を切り、少しの間首を傾《かし》げて言葉を探していましたが、

「……己の心の中にある愚劣な嫉妬や切ない後悔や、ない交ぜにするしかなかった愛おしさを収める箱が、その頃の幸三さんにはまだなかったのでしょう。……私には幸三さんの苦しみが分かる気がします」

淋しそうにそう言いました。

四つ木に来てからの美千代は、知る人もなく、それでも別にコソコソするでもなく普通に暮らしていたようです。

周囲との挨拶は欠かさないし、愛想も良く、近所づきあいも良かった。

綺麗な人だ、と誰もが思ったが、その素朴で飾らない質素な暮らしぶりからは、まさかかつての大スタアであろうとは夢にも思わなかったそうな。

「ふうん」テルが少し大きなため息をつきました。「待ち人来たらず、かあ」

「十歳で恋をして八十まで……七十年の待ちぼうけか」とブン。

「いや」ヘロシが大きく伸びをしながら、はあっと息を吐いて言った。「来たんだ」

「え？　なんつった？　今」

「来たんだよ」

「忍野、来たの!?」ブンが立ち上がって叫んだ。

「実はね……幸三は比叡山に入ってお坊さんになっていた」

「えええええ？」とテルが痛そうな顔をします。

「生涯を修行僧として回峰行《かいほうぎょう》に命を捧げた名僧だったそうだ」

「な、なんでおめえそれ知ってんの？」とブン。

「この九月初めに弟子の忍榮という人から美千代に手紙が届いていたんだ。八月九日に大阿闍梨《だいあじゃり》、忍野忍照、俗名幸三が死去いたしました。亡くなる直前に頼まれました。『この住所に独りで住んでいる女性があるはずだから、その方にこの手紙だけは必ず届けるように。だが、万一その人がいなかったら、決して読まずに焚《た》き上げてほしい』と」

「うわわわわ」テルが両腕を組むようにして腕をさすります。

「鳥肌、鳥肌」

「え？　じゃあ、その幸三は美千代がそこに住んでるって知ってたってこと？」ブンが目を丸くしています。

「そうじゃないと思う。幸三は美千代ならきっとそうするはずだと疑《うたぐ》らなかったのだろうよ」

ヘロシが遠くを見るようにそう言いました。

「可哀想で勿体なくていじらしくて……俺、悲しいよ」とテル。

「そのお手紙には……何が……書いてあったのでしょうね」

マスターが尋ねました。

「綺麗な筆文字でたった二行。『あなたのことだけを思って生きました。お先にね』でしたよ……マスター」

一同、声を失いました。

「その手紙が届いてから僅か一週間後に、美千代は眠るようにこの世を去ったわけですよ」とヘロシ。

「……待ち合わせたのですね」

絞り出すようにマスターが言う。

「マスター、美千代と忍野が撮った最初の映画のタイトルまでは知らないでしょう？」ヘロシが尋ねた。

「はい。存じません」

ボオン、と柱時計が一つだけ鳴った。

ヘロシの声が震えた。

「〝初恋心中〟っていうんだ」

オヨヨのフトシ始末

『七年目のガリバー』

四年前の春の終わり頃、葛飾は京成四ツ木駅にほど近い四つ木銀座の中ほどにそのお店が忽然と出現しましてから、あっという間にここいらの人々に馴染みまして、今やもう、この近在の商店主達の止まり木となりつつある「銀河食堂」のお噂でございます。

銀河食堂と名乗ってはおりますが食堂ではございませんで、それもまたなぜかスタンドバーなのに居酒屋、という不思議なお店でして。

客から自然に「マスター」と呼ばれるようになった、歳の頃なら六十でこぼこと思われる亭主は鼈甲縁《べっこうぶち》の眼鏡に蝶ネクタイ、渋い色のチョッキ姿で、いつも背筋をきちんと伸ばしてカウンターの中に立っております。

格別に愛想を振りまくでもないけれども決して無愛想ではない。

ずけずけと人の話に首を突っ込んだり、尋ねてもいない己の風呂敷を拡げたりするような人物ではありません。あまりお喋りではないが決して無口でもないという人柄で。

笑顔は柔らかな上に、元々苦み走って、それにあっさりとした甘味を足したような男前のマスターですから、この辺りの若い娘達にはどうやら密かに人気があるのだそうで。そういえば毎日二組、三組の若い娘（と言ったってもう三十過ぎの、貰い手がないのだか嫁に行く気がないのだか、ともあれ颯爽《さっそう》と独り身で働くキャリアウーマンというのでしょうか）が、何とはなしにこの店にとぐろを巻きはじめた様子でして、どうやらお店の方もまあまあの繁盛のようでございます。

さて、店の奥の方に飾ってあるチェロは本物だというのは見て分かる通りですが、この辺りに住む音楽の専門家がふと「あれぁストラディヴァリウスじゃぁねえかなぁ」と言ったとか言わないとかで、いっときは騒ぎになりました。

ですが、冷静に考えればそんな名高い何億もするような名器を、誰にどう触られるのだか分からないような酔っ払いだらけの酒場の隅に飾るバカもいるはずがないだろうから、あれぁお飾りだろうということに落ち着いたようで、常連達の間では以後この楽器の値踏みをする奴なんぞ一人もいなくなりました。

さて、時々お店に現れる「お母さん」。

マスターの母親にしては随分若く見えるけれども、かみさんにしては歳上に過ぎるというので、みなそれとなしに「お母さん」と呼ぶわけですが、質素な形《なり》をしているけれどもどこかしら灰汁《あく》抜けて、若い頃はよほどに小股の切れ上がった、粋な美しい女だったに違いないことは隠しようもございません。

今日もお母さんはどこからか現れて、大皿に里芋の炊いたの、人参、椎茸、インカのジャガイモに油揚げを刻んで煮染めたの、なぜか岐阜の明宝ハムを使ったポテトサラダ、野菜ばかり刻んだプチトマトの入ったサラダに添えられるのは、どうやって作るのだか分からないが、チョイと甘酸っぱくて遠くで辛みのある醬油ベースのマヨネーズドレッシング。

季節らしい手料理の並ぶカウンターは、彩りも鮮やかで目にも安らぐ家庭の匂いがいたしますな。

従って、この辺りの独身男や、家庭ではあんまり大事にされていない中年の親爺達の、格好の水場のようになっておりますので。


さて、まもなく立春という寒い夜でございます。

今夜は、店の奥の方に若い、と申しましても、昔なら大年増《おおどしま》でございますが今ならまだ小娘という、三十ちょいといったお嬢さんが二人座っております。

時折マスターに話しかけては、さして面白くもない話題でも嬉しそうに笑いこけております。笑いのセンスも基準も年寄りにはさっぱり分からない。

それでもこの店に来ようというような娘達は、いわゆる今時の若い娘とは少しばかり違いますな。と申しましても、年寄りが見てフッーの格好をしているというだけのことで。

とにかく今時の娘なんざ、まず指先からして凄いですな。極彩色の、もの凄く長い付け爪をした娘があったりする。余計なお世話だろうが、あんな毒林檎でも企もうかってえ怪しげな指で厠《かわや》へ行ってきちんと尻が拭けるんだろうか、ケツの皮でもひん剝きゃしないか、ひょっとして、爪の先に妙な物が付きゃしないかと心配になるほどでして。

そういった手合いに比べりゃまあ、今夜の二人は大人の女の入り口をくぐったばかりの年頃ですが、それなりの風情も出てこようという……。

さて、その二人から椅子二つを隔てた並びに、年の頃なら四十でこぼこといったスーツ姿の男性。

その隣にかれこれ七十に手が届こうかというような女性が座って早くから二人で話し込んでおりますが、母子には見えない。時折眉を顰《ひそ》めて小声になって囁いては、頷き合ったり、ぱあっと笑顔になったりします。

仲の良い叔母さんと甥っ子がのんびり話しているような、ほのぼのとした空気が漂っております。

そこへカラン、とカウベルを鳴らして男の二人連れが入ってきました。

どちらも常連ですが、一人は名代十割蕎麦と胸を張る「吉田庵」の五代目の若い店主で、一昨年四つ木銀座の商店会長を〝押しつけられた〟と愚痴っております吉田輝雄。愛称は「テル」。独身の気楽さもあって、午後九時に店を閉めたあとは若い者に任せて、すぐにこの店へとやってまいります。

もう一人はこの近所のコンピュータ管理会社に勤めるエンジニアの菅原文郎、通称「ブン」。どちらも嫁を貰う気がないのか嫁の来手がないのだか、咲きもしない〝花の独身〟でございます。

「寒いですね」マスターが熱いおしぼりを差し出すと、「ひゅー、さぶいさぶい」鼻水をすするように両の腕を自分でさすりながら腰掛けたブンがおしぼりを握って、「おお、あったけー」と呟きます。

「マスター、身体が温まるものをお願い」テルがおしぼりで手を拭いながらそう言います。

さて、いつもならもう一人、葛飾警察署生活安全課に勤めます安田洋警部、ロマンチストの、通称「ヲトメのヘロシ」という人が小学校時代からの友達で飲み仲間ですが、今日は来ないところをみるとどうやら夜勤らしい。

「ホットワインがいいね」とか言いながらマスターの仕事を覗き込んでいたブンが、ふと店の奥の方に視線を送るなり、大きく目を見開いて、「あれ？　フトシじゃね？」と声をかけます。

老女と二人、話し込んでいた男性がその声にこちらを振り向く。

「オヨヨヨヨ。ブンじゃねえか？　久しぶりだなあ」

「やあ、やっぱフトシか、や、いやいやいや、久しぶりだなあ」

前回もお願いはしたけれども、この辺りの人は『ヒ』が言えずに必ず『シ』という発音になるので、会話の中に『ヒ』が出てきたなら必ずそちらで『シ』と読んでもらいたい。従ってここはどちらも「シサシブリだなあ」になるわけで。これはひとつ気をつけて固く守ってもらわないと困る。

「フトシ」と呼ばれたのはやはり幼なじみで、驚くとすぐに『オヨヨ』としか聞こえない叫び声を上げるので渾名は『オヨヨのフトシ』。

本人はオヨヨなんて言ってないと言い張りますが、それなら一体何と言っているのか聞きたいものだというのがテルの意見で。

この男は四つ木銀座の一角にある簡易郵便局の息子、池田《いけだ》太志《ふとし》、四十歳です。

簡易郵便局というのは、郵政省とか地方公共団体から郵便業務を委託された団体や個人が営む『郵便業務を執り行う施設』のことでございまして、フトシの場合、曽祖父の代から自宅で郵便業務を行っているので「郵便局の息子」でいいのです。

フトシの父親がまだ現役の郵便局長で、フトシはそこの局員として手伝いをしながら、個人的にはインターネット関連の商売をやっていると聞きます。

ブンに声をかけられて明るく手を挙げましたフトシに、小声で何か囁いてから老女はつと立ち上がり、軽く会釈をすると、マスターへ少し嗄《か》れたような声で「お勘定を」と言いました。すると、「しのさん、ここはいいから」フトシが声をかけます。

『しのさん』と呼ばれた老女は頷くと悪びれずにマスターとフトシに会釈をし、可愛らしく右の掌《てのひら》をこちらへ見せてヒラヒラと振ったあとカラン、とカウベルを鳴らして外へ出ていきました。

ここはヒノさん、ではなく確かにシノさんです。

「オヨヨヨ、元気そうだけどブン、何年ぶりだい？」

フトシはブンの隣へ席を移します。

「フトシも元気そうじゃん。三年ぶりくれぇか？」とブン。

ホットワインがテルとブンの前に置かれますと、フトシが、「旨そうだな。マスター、僕にもお願いします」と言う。

「承知しました」とマスター。

「つまみにいいものってない？」ブンが聞くのへ、マスターが、「ハムでも焦がしましょうか？　醬油で」ときましたね。

「お、いいねえ、明宝ハム」テルが嬉しそうです。

「いいねえ……そのインカのジャガイモ食べてインカ？」フトシも何かはしゃぎます。

「うううううう」何だか急に、壊れた掃除機が空中のゴミを吸うような音でブンが唸りはじめました。

「なんだよブン」テルが片方の眉をつり上げて不審そうにブンを見ます。

「ああ……思い出せない！　どっかで会った気がするんだけどなあ」と今度は天井を仰いで放心状態です。

ブンはまるで、犬歯の脇にスルメイカの繊維が挟まって昨日の夜からずっと取れないで苛立っているような、歯切れの悪い微妙な顔で首を傾げております。

「誰？」フトシが眉を上げ下げして尋ねます。

「いや、ほれ……今、おめえと一緒だった……あの女性よ……どっかで会った気がするんだけど、思い出せねえ」とブン。

「え？　立花《たちばな》さんのこと？」フトシがそう答えます。

「何？……誰？」とブン。

「あの人、立花さん、ほら、木根川小学校の裏門の脇の古い大きな家の人。庭によくボール放り込んで叱られたの憶えてないか？」

一瞬、時間が止まりました。

「あ――――」テルが大声を出したので、向かいの女子がびっくりしてこちらを見ています。

「お、驚かせちゃったか？　わりぃわりぃ」テルが謝ると、女子はぷっと吹き出して白い歯を見せる。

「あれ、じゃ……ガリバー？」テルがそう言うと、「え――――」今度はブンが大声を上げます。

娘さん達、今度は驚かない。大声で笑っております。

「え!?　あのガリバー？　えええ？　今の人が？」

「そうそうそうそう」フトシが膝を打って答えます。

「ガリバーだった。ああ、懐かしいなあ」

「がりばぁ……ですか？」マスターが小声でそう言って首を捻るのを待っていたかのように、ブンが急き込んでこんな話をしました。

＊

木根川小学校の塀に面した家は幾つもあったけれども、小さくても庭のある家は一軒しかなかった。

そこへ野球のボールやサッカーボールを打ち込もうものなら大変だったのを憶えている。

「すみませえん」声を揃え、素直に謝ってボールを貰いに行けば、仮にガラスが割れようともその家の奥さんは笑顔で許してくれたけれども、謝りに行くのが面倒だったり、嫌だったりでこっそり塀を乗り越えて拾いに行くのが見つかりでもしたら、地べたに座らされて懇々と一時間も説教される。

「私はあなたの将来のために言っているのよ。あなたに少しでも悪かったな、申し訳なかったなという気持ちがあれば私は叱らないけれども、謝る気持ちもなく、こちらが気づかなければなかったことにしようという卑しい心は決して許しません」と、いつも同じことを言った。

叱られるだけで恐怖を覚える低学年は、ただただ怖いお婆さんとしか見なかったが、反抗心の出てくる高学年になるとこれに反発する子どもが現れ、彼女が痩せぎすだったことから、誰とはなしに悪口で「ガリガリ婆」となり、いつしかそれが「ガリバー」になった、とこれはテルが信じ込んでいる伝説だ。

ガリバーは突然どこにでも現れ、悪い遊び、危ないことをする子どもを叱った。

たとえば木根川薬師の境内《けいだい》、殊にお墓で跳んだりはねたりしているとガリバーがどこからともなく現れて、「墓で怪我したら、一生治らないよ！」と説教をした。

また荒川放水路の河川敷で危ない水遊びをしていると必ず現れ、「川の水には魔物が棲んでいるんだ。あんた達のような子どもなんかあっという間に引きずり込まれて死んじゃうんだから。分かった？　川は怖いという気持ちを持ちなさい」と叱った。

子ども達は〝ガリバーの千里眼〟と呼んだ。

噂はそればかりではない、とテルが話を継いだ。

ガリバーは実は高利貸しで、利子が払えないと貧しい家の布団までむしり取ってしまう、と聞いた。肝試しで、夜の八時過ぎに木根川小学校を探検していた中学生達が、ガリバーの家の中から「いちまーい、にまーい」とお金を数える声がするのを、塀越しに確かに聞いたという噂が拡がった。

夕方、野球のボールを取り戻そうと塀を乗り越えてガリバーの家の庭に忍び込んだきり、二度と帰ってこなかった小学生がいる、という根も葉もない噂はこの近在の子どもは皆知っていた。

だが子ども達は中学に入ると、なぜか急にガリバーの話をしなくなった。

それよりも現実的で頑固で煩《うるさ》くて、何より点数まで付ける中学の先生という生き物に出会うからだ。こちらの方は生身で、より具体的で、より怖ろしい敵だった。

こうしてガリバーのことはいつかみんな忘れてしまうのだ。

テルもブンも、もう数十年ガリバーという呼び名さえも忘れ去ってしまっていたのだった。大人になって出会ってみるとガリバーは鬼でも蛇《じゃ》でもない、普通の人にしか見えない、とテルとブンが声を揃えた。

『幽霊の正体見たり枯れ尾花』

なぜか子どもの頃の伝説の正体を見てしまったような、淋しさと、懐かしさと、少しだけ愛おしいような奇妙な感覚だ、と。

＊

「君達はさ」と、テルがカウンターの向こうで聞くとはなしにこちらの話を聞いていたお嬢さん達に話しかけました。

「この辺の子かい？」

「はい。木根川小学校デース」

「おお、後輩ってわけね」とテル。

「じゃあさ」とブンが聞きます。「ガリバーって鬼婆のこと、聞いたことあるでしょ？」

「ありますぅ――――！」と女子が声を揃えました。

「懐かしーねー」

「ガリバーってめっちゃ怖かったよね」

「うん。ホントは見たことないんだけど」

年代は違っても、同じ地域や同じ学校だけに伝わっていくような都市伝説が多くございます。

よくありますのは『鬼爺ぃ伝説』で、『ガリバー』と殆ど同じような話はあちこちに沢山あります。中学、高校生になりますと子ども達が次第に色気づくことから、今度はその学校ならではの『超ブス伝説』や『超美女伝説』となって、後輩に申し送られていくのでございます。

笑顔で聞いているマスターへ、ブンが田中邦衛のように口を尖らせて言います。

「ほんっとうなんだヨ、マスター。滅茶苦茶怖い鬼婆ぁだったんだって、いやこれ本当だヨ」

「懐かしいなあ、ガリバー……」テルはむしろ懐かしさに浸っております。

「フトシ、ホントにそう？　今帰ったお婆さん、ガリバー本人なのか？」ブンが妙に興奮しています。

「あの人の名前は立花志野《しの》さんっていってね。……確かに昔みんながガリバーって呼んでた人なんだけど……」

フトシが少し困ったような顔でそう言いました。

「ガリバーだろ？　あの、ガリバーだろ？　だって……おめえも怖がってたろうよフトシ」

ブンがフトシに聞きます。

「いやいや……実際、あの人は決してそんな怖ろしい人なんかじゃないんだよ」とフトシが困っております。

＊

昔『鬼婆』『ガリバー』と子どもに恐れられた立花志野という名のその人は、今年七十三歳になる。ということはブンやテルが小学校に上がった頃には、まだ四十歳になったかならないかの年頃だったはずだ。

それを『婆ぁ』呼ばわりは酷いが、両親の年齢が二、三十代という子ども達からすれば、彼女を『お婆さん』と見ても、ある意味では致し方のないことかもしれない。

彼女の夫、立花勲夫《いさお》は当時、立石にある中学校の国語科の教員で、学校関係者や父兄の間では名教師と呼ばれた一人だった。

お蔭で志野はさほど家計に困らない専業主婦だった。

夫は働き盛りで、殆ど家にいないので、朝から夜までの長い時間を独りで過ごすことになる。

志野は茶道と華道の師範の免状を持っていたから、その教授といった余暇の過ごし方もあったが、ある日ふと思い立って民生委員を選んだ。民生委員というのは困窮した家庭や、複雑な家庭環境、たとえば母子家庭、父子家庭、また、介護や家庭内暴力など様々な悩みの相談相手となって改良改善を図る仕事で、いわゆるソーシャルワーカーの一種だが、斡旋や紹介は出来ても権限は何一つない。

無報酬の奉仕活動というわけだが、非常勤で特別職の地方公務員という立場なのでその責任は軽くない。

「全く損な役回り」というのが、正しくて温かな評価だろう。

彼女の仕事が理解出来ない幼い子ども達の勝手な思い込みや憶測が独り歩きをしたのかもしれず、それを誰が言い出したのかは知らないが、『ガリバー伝説』はあまりにも酷な作り話だ。

民生委員は同時に児童委員も兼務することになっているから、家庭の教育環境から、子どもの生活の実態、具体的には家庭内暴力あるいは非行の調査なども重要な仕事であった。

だから行儀の悪い子ども達に厳しく接することは、ある意味では真っ当な任務の一つであったろう。

志野は幼い頃から大の子ども好きであったが、無念にも子宝に恵まれなかったことから、近くの子ども達にその分の愛を注ごうとしていたのかもしれない。

しかし幼い子どもにとって、厳しさは「怖ろしさ」としか感じられないことがある。子ども達が自分のことをそんな風に思ったり、恐れたりしていることを知ってか知らずか、彼女は自分の活動を少しも苦だと思わなかった。夫の勲夫が志野の仕事を喜んでくれていたからだ。

勲夫から見れば、子どもを授からなかった妻が、そのあり余る余暇を家の中で過ごすのではなく、周囲の人々のために懸命に立ち働こうというその想いや行動がたまらなく嬉しかった。

勲夫は教師を「聖職」と考えていたので、学校という組織の中でも誰も恐れずに正しいことをきちんと正しいと言える、孤高に耐え得る、数少ない教員の一人であった。

妻が懸命に自分の両足で立とうとする姿勢を示してくれることで、彼は自分の仕事に集中することが出来たし、いざという時はたとえ職を辞しても義を貫く、と決めた志は、まさに妻のこういう志に支えられていたのだ。

志野はある意味でこのように夫を愛し、夫に尽くした。

民生委員はあくまで「ボランティア」だ。そのために生活を掻き乱されることだってあるけれども、そのことで夫を後回しにしたり、ないがしろにしたりすることは決してなかった。夫の唯一の愉しみは晩酌で、毎晩必ず少しばかり酒を飲んだ。日本酒なら正二合から三合、ウィスキーならストレートで三〜四杯、ワインならハーフボトルをたしなみとした。

酒は強い方だが、大概翌日も朝早くから仕事があるから少し我慢するのだ。年に幾度かはしたたかに飲んで足をふらつかせることもあったが、酔い潰れることはなく、明るく穏やかな酒飲みと言えた。

志野は夫の晩酌の時間に家を空けることを避けた。毎晩心づくしの肴を考えたり造ったりすることは彼女の生き甲斐でもあった。

「旨い」聞こえるか聞こえないかの小声で呟きながら、自分がこしらえた肴に舌鼓を打つ夫が嬉しかった。

時折酒を過ごすこともあったが、そういう時はとがめたりせず、「ごめんなさい。それで最後なの。うっかり切らしちゃった」とやんわりと言ったものだ。

すると夫は「そうか、これ以上はいけないねえ」と答えた。

少しばかり赤く緩んだ表情で、「もう少し、と言いたいところだなあ」などと呟きながら箸を動かしている夫の柔らかな笑顔が愛おしく、何だか可哀想になって、「あ、少し残っていたわ」などと自分でもわざとらしいと思いつつも、そんな風に言い訳をしながら〝もう少し〟のお酒を注いだこともある。

彼女は民生委員としても素晴らしい働きをしたが、家庭人だったのである。

＊

「え――――！」テルが頭を抱え込んでおりますよ。「そんな人だったのかよぉ」

「あっちゃぁぁ」ブンは天井を見上げて大きなため息だ。

「ぜーんぜん違うじゃん……ガリバー」

マスターが二杯目のホットワインを差し出しながら、「子どもって大人のことがきちんとは理解出来ませんから、それを責めては可哀想ですよ」と妙な慰めを言っております。

「確かにそうだけど……なんか……もの凄い罪悪感」とテル。

「鬼は俺達の方だったんだな」とブン。

カウンターの向こうで娘達もフトシの話に聞き入っていたようで、へえ、と大きなため息をついております。

「知らなかったぁ」

「ホント、知らなかったねぇ」

「いや、今更もうそんなこたぁいいんだよ」とフトシ。

「そんなこたぁ、彼女の人生じゃぁささやかなこった」

「な、なんだよぉ」ブンが口を尖らせて、「おめ、詳しいのかい？　あの人に」。

「うん、少しね。……実はあの人ぁねえ……」

「ちょっと待て」ブンが叫びました。「便所行ってくる」

向かいの女子が声を出して笑う。

フトシもブンを見送りながら笑っています。

「あのう、改めまして私、橋本恵子《はしもとけいこ》といいます」少し縮れっ毛で、身体の大きい方の女子がそう名乗ります。

「飯島《いいじま》さおりです」小柄で黒目の大きな娘がそう名乗りました。

「ふむふむ、恵子ちゃんとさおりちゃんね」テルが頷いています。

「俺、吉田っつうの、渾名はテル。蕎麦屋。コイツが池田で、四つ木郵便局の息子、今便所に飛んでいったのが菅原、コンピュータの修繕屋。みんな独身。よろしくね」

「私達も独身デース」

「よろしくお願いしマース」

「なんだよ、嬉しくなっちゃうじゃん、今夜は」

「喉が渇いてきました。マスター、ビール下さい」フトシがそう言うと、「私も」「私も」向こうの女性達も一緒に手を挙げております。

「今夜は奢っちゃうよ」とフトシ。

「やったあ」

彼女達はすっかりガリバーに興味を持ったようです。

「お話、聞いていてもいいですか?」と恵子。

「面白いかい?」とフトシ。

「はい。凄く面白い」とさおり。

「よし、こっからが凄《すげ》ぇんだ。心して聞けよ」

戻ってきたブンにそう声をかけ、フトシがこんな話をしました。

＊

志野は東京目黒生まれ。「元競馬場」辺りの資産家の二人姉妹の次女である。

五つ違いの姉は〝志保〟という名前で、あまり身体は丈夫ではなくて、そういう人にありがちだが、代わりに美人で頭が良かった。その美しい姉は志野の自慢だった。

子どもの頃の戦争の記憶は姉には微かにあるが、志野にはない。終戦の時、姉は六歳、志野は一歳だった。

姉妹仲はとても良く、志野は母よりも姉を慕っていたところがある。

母の喜代《きよ》は厳しく、お転婆の跳ねっ返りだった志野は毎日母に叱られた記憶しかないほどだ。

裏千家の茶道と池坊の華道教授をしていたからだろうか、母は行儀作法には厳しかった。お蔭で姉の志保も、妹の志野も茶道、華道の師範免状を授かっていた。

志保はやがて当時の厚生省の役人、橋場光太郎《はしばこうたろう》に嫁いだあと、婚家で茶道と華道の師範を続けた。けれども志野は立花に嫁いだ後は、人に頼まれれば指導したが、自分から進んで教えることはなかった。

志野自身は子どもに恵まれなかったが、姉に〝美月《みつき》〟という名の娘が生まれ、志野はこの姪をまるで我が子のように溺愛した。美月も幼い頃から自然と母のように志野に懐いた。

美人薄命と言うが、志保は娘の美月が五歳の時に突然脳溢血《のういっけつ》で倒れ、不帰の人となった。

夫の橋場光太郎はその十年後に遠慮しながら再婚をして以後、緩やかに志野とは疎遠になったが、美月は父の再婚を拒むように実家を離れて志野の家に入り浸った。

美月は二十三の歳に大手の商社マン斉藤昇《さいとうのぼる》と恋愛をしてさっさと嫁ぎ、二年後に娘を産んだ。これが〝美野《よしの》〟である。

美月は自分の〝美〟に大好きな志野の〝野〟を貰ったと言った。

斉藤一家は、ケアンズ、ドバイ、ジャカルタ、クアラルンプールなど海外を転々として、十年あまり前に帰国した。美野は花も盛りの年頃になっていた。

姪の娘のことを大姪と呼ぶそうで、美野から見れば志野は大叔母になる。

呼び名はともかく、この美野は姉の志保に生き写しの美しい娘で、志野は美野も溺愛し、美野も志野を「志野ちゃん」と呼んで慕った。

＊

「そのさ……しほだか、みつきだか、よしのだか知らねえけどよ」とブンが焦《じ》れったそうに言います。「その人間関係って憶えなきゃ駄目？　すんげえ面倒なんだけど」

「オヨヨヨ。バァカ、これを知って初めてこの話の核心が理解出来んだよ」フトシがむっとしたように答えます。

「おめえ、ロシアの大河小説読んだことねえのかよ、ツルゲーネフとか、トルストイとかよ」

思わずテルが吹き出します。

「なんでトルストイと関係あんだよ、ガリバーがよ。ツイストだっけ」

「スウィフトだい、バァカ。第一ロシア人じゃねえし。いいか、出てくる人物を整理して憶えるところからロシア文学は始まるんだよ」

「お、ロシア文学ときたね。おそロシヤ」とテル。

一呼吸置いて恵子が目を丸くします。

「おそロシヤ、かぁ。うま——い!!」

「けっ。若《わけ》ぇ娘はこれだから困る、いいかい、娘さん、ここは笑うとこだぜ、感心してどうするんだ」

「でも上手ぅ」とさおり。

「有名な洒落だよぉ」と言いながらまんざらでもない様子でして、「で？　フトシ、話、続けろ。どうにかその人間関係憶えるからよ」。

「えと、姉の志保が早死にしてその娘が美月。志保の旦那が再婚した。美月は父に反発して若くして斉藤に嫁いでその娘が美野、これが志保に瓜二つの美人。そんで間違《まちげ》えねえか？」

ブンが紙に書いて首を捻っております。

「そうそう、ロシア文学もそうやって紙に書いて憶えるところから始まるのさ」妙なところでフトシが胸を張っています。

「君達は今の話で理解出来てるの？」とテルが女子に聞きます。

「分かってますよぉ。そんなに難しくないですって」と恵子。

「私達の噂話の方がもっと人間関係複雑ぅ」とさおり。

「恐れ入りました」テルはマスターに向かって普通のワイン下さい、とため息混じりに言った。

「マスターは今の話で理解出来てるの？」

「ええ。そのつもりです」

「さあ、ここからが本題」

フトシがビールを一口呷《あお》って口を開きます。

＊

今から七年前の一月のことだ。

伝説のガリバーこと志野の夫、立花勲夫は既に定年を迎えていたが、かつての教え子達に兵庫の有馬温泉に招待された。

「夫婦で来いと言ってくれているのだから君も一緒に行かないか？」

夫はそう言ってくれたが、教え子達がそれほどに慕っている夫と過ごす大切な時間に自分が割り込みたくないという思いから、志野は同行せず、勲夫一人だけで出掛けていった。

それが二人の終《つい》の別れになった。

夫は有馬の温泉旅館で二泊三日、教え子達との時間を過ごした後、帰りがけに、青戸の中学校勤務時代に仲良しだった同僚の一人を大阪市内に訪ねた。

ミナミの繁華街でその同僚と旨い酒をしたたかに酌み交わし、梅田界隈のホテルに戻る途中、ホテルの近くの三叉路の、信号のない横断歩道で乗用車に撥ねられた。

すぐに近くの病院に救急搬送されたが、その夜のうちに亡くなったのだ。七十歳だった。

その知らせを受けた時、当時十七歳になったばかりの美野が泊まりがけで四つ木の家に遊びに来ていた。

最初の電話を受けたのは美野だった。明け方のことだ。

「志野ちゃん」

美野の身体が震えていた。

夫に何かがあった、と直感した瞬間、志野の意識は遠ざかった。

「立花……志野さんですか？　こちら大阪の曽根崎警察署の交通課の大崎と申します……も

しもし、もしもし、聞こえますか？」

志野はその場に昏倒した。

気がつくと、美月が急ぎ夫の斉藤を伴って家にやってきてくれていて、姪夫婦があちこちに電話をする声だけが錯綜して聞こえ、不吉な空気は絶望の気配へと変わった。

志野は夫の事故死の報を受け入れるしかなかった。

新幹線が酷く遅く感じられた。呆然として涙も出ないのが不思議だった。

部屋に入った時には全く気づかなかったが、夫の運ばれた病室の入り口の脇に警官に付き添われ、夫を撥ねた運転手が待っていて、志野にすがりつくように土下座をして泣いた。

「この人が犯人ですか!?」と美月が警官に詰め寄った。

「ママ！」美野が割って入ったが、美月はその運転手に叫んだ。

「あなたが殺したんですか!?」

「やめて、ママ、落ち着いて」

声を押し殺して美月を制する美野の声が遠くで聞こえた。

呆然としたまま、志野はふと床に両手をついて号泣している運転手の横顔を見た。

まだ若い。二十代半ば……三十には手が届かないだろう。

これからこの人はどう生きることになるのだろう。

漠然と頭の隅で考えた次の瞬間、志野の胸の奥が突然沸騰し、その場にうずくまって嗚咽した。

「すみません、すみません、すみません、すみません、……」

自分よりも大声で泣き叫びながら謝るその若い男の声が、志野の頭の中で、幼い頃に近くのお寺の縁日で見た回り灯籠のようにくるくると回った。

美月がまた叫んでいた。

「あなたが、殺したの!?」

「ママ……ママ！」

美月の声と、それをどうにか制しようとする柔らかな美野の声が意識の向こうで聞こえた。

夫に対面した時のことはあまり憶えていない。

とても静かな病室だったという他は、美月と美野が一緒にいて、ただ泣き崩れていた記憶しかないのだ。

ただ夫は「幸せそうな顔をしている」とふと思った。この人はこんな死に方をしたのに、幸せだったのだろうか。

その後どういう手続きを経て夫を東京へ連れ帰ったのだか、それからどんな風に夫と別れたのだか、記憶が定かではない。

美月と夫の斉藤、娘の美野の三人が志野を支えながら様々な手配りをしてくれた。

そしてそれを機に、美野は実家と行き来しながら志野の家で暮らすようになり、この家から学校に通うようにもなった。

＊

「飲酒？　か？」とブンが息を吐き出す。

「いやいや飲酒運転じゃあ、なかったんだよ」とフトシ。

「ああ、よかった」とブン。

「よかったなぁ」とテル。

「よくない」

「なんで？」

「この男、保険に入ってなかった」

「え――――」女子が向こう側で二人、絶望的な悲鳴を上げます。

「本人は身分証明書のつもりで免許を取った。だから当初は運転する気もなかったらしいが、免許ってものは持ってしまうと、運転したくなるものなんだよね」とフトシ。

男の名前は田中美喜夫《たなかみきお》、当時二十四歳。

免許証は前から持っていましたが、仕事もいわゆる衣料貿易関係の普通の会社員なので、交通機関の発達した大阪市内にいれば運転をする機会もなく、何かの都合で運転せざるを得ない場合だけ、時々運転していたらしいのです。

本人も、保険に入らなければならない、と思ってはいましたが、そのうち半年が過ぎ、一年が過ぎ、二年、三年と過ごすうちにこの事故を起こしてしまったわけです。

この日残業を終えて帰る際、上司から頼まれ、彼の自家用車を近くの安い駐車場に移すため、僅か二ブロック程度の短い距離を移動させるその間に事故を起こしてしまったと申します。

「そういう場合は……」テルがマスターに尋ねます。「補償とかどうなるんだろう」

「保険未加入となれば金銭的な補償は大変でしょう」

マスターは少し考えてから答えます。

「あ、でもその人、上司の方の車で事故を起こしたわけですよね」と恵子が思いついたように言いました。「車の持ち主の自賠責がありますよね」

「そっか、そだね」と今度はさおりが口を開きます。「自動車購入の際、自賠責は強制加入で、当然その上司の方は自賠責に入っていますから、その保険がありますね」

「今、最高額が三千万円だけど」と今度は恵子が呟きます。「七年前ってどうだったんだろ」

「多分、今と変わらないと思う」さおりが答えています。

一瞬男どもが言葉を失って二人の女子を見ています。

「あの……君達って保険の人？」とテルが尋ねます。

「はい、保険会社のＯＬでーす」

二人が少し照れながら軽く右手を上げて返事をします。

「あ、そーなのか。道理で詳しいや」とブン。

「へえ。ちょいと驚いた」とフトシ。

「でもそれ、そいつが任意保険に入ってなかったんじゃ、あれかい？　その……三千万円程度の補償しか、出ないってこと？」とテル。

「そうですね。自賠責での補償では……」と恵子。

「今、自動車買わないし乗らないけど免許持ってるっていう、そういう人の多くは任意保険に入っていないんです」とさおり。

「お前、入ってる？」とテル。

「常識だろが」とブン。

「あの……それでどうなったんですか？」恵子が心配そうな顔でフトシに尋ねます。

「まさにその通りでね。人の命の補償として三千万円が多いか少ないかは人によるだろうけど……」とフトシ。

「まあ、金には換えられねぇけどさ……」とテル。

「俺は全然少ないと思う」とブン。

「ま、でもね。本人にそれ以上の能力もないわけだから」とフトシ。

事故後、田中は上司の入っていた自賠責保険から出る限度額の三千万円での示談を申し出ました。志野が話し合いに応じられる精神状態ではないことから、姪の美月の夫が話し合いを行いました。

相手の田中は反省も著しく、検察も悪質犯罪者として起訴する見通しがないこと、それに田中本人、またその家族にはこれ以上の賠償金を支払う能力がないことから、その金額で示談に応じることにしたのです。

補償金の額には何の興味もなかった志野は、それでも事故から示談までのたかだか数週間のうちに、自分の人生の大半をいっぺんに失った気がしたそうでございます。

＊

事故の日から、志野は鬱々と過ごした。

夫のいない家の中はだだっ広く感じられた。

昼日中はあまり家の中にいない人だったから、と自らに言い聞かせてみるものの、喪失感は激しく、自分の身体の半分をどこかに置き忘れてきたようだった。

ある日ふと、一緒に暮らす美野に教えるつもりで茶を点《た》ててみた。

初めは思い出しながらおそるおそるだったけれども、物心もつかぬうちから親しんだ茶の点前《てまえ》は身体に沁み込んでいた。

美野も面白がり、友達を連れてきては教わりたがったので、夫が亡くなって半年ほど経った頃から人に教えることにした。

そんな風にようやく日常を取り戻し始めた時期、美野が大学受験を控えた十一月も末の小春日和の昼のこと。

突然現金書留が届いた。交通事故の加害者、田中美喜夫からのものだった。

志野の夫を死なせてしまった加害者の田中は「上司の自賠責で支払った賠償金くらいでは、とても自分の罪を償えるとは思っていない」としきりに詫びており、「必ず自分の人生をかけて賠償する」というようなことを言っていたと弁護士や姪の夫から伝え聞いたけれども、加害者の言葉を聞かされることも嫌だったし、幾ら積まれようとも、元々お金などで許す気などなかった。

といって強い憎しみを抱き続ける気力も体力も奪われ、恨んだところで夫は戻らぬとあらば、少なくとも夫に恥ずかしい取り乱し方だけはするまい、という一点で踏ん張ってあの塗《と》炭《たん》の苦しみを乗り切ったのだ。

だから事故から十ヶ月も経とうという長い間、何の連絡も寄越さなかったこの男に抗議もしなかったし、連絡を取ろうとも思わなかった。

にもかかわらず思い出したように、突然こうして現金書留が送られてきたことで志野の心は乱れた。

なぜ今になって突然お金だけ送ってくるのか。

私のこの「忘れるための努力」は何の、誰のためのものか。

そんな怒りさえ湧いた。

その緑色に縁取られた封筒の中に、果たして幾ら入っているのか全く興味がなかったので、封を切る気にもならなかった。それは美野も全く同感だと言った。

それでその封筒は玄関脇の下駄箱の上に置いてある、印鑑やら伝票やらを入れるための紙箱の中に、捨てるように放り込まれた。

ところが翌月も書留は来た。

志野は前の月よりも腹が立ったが、こらえながら美野に手渡すと、美野は顔色一つ変えずに玄関の下駄箱の上の紙箱に放り込んだ。

また翌月も、その翌月も来た。

毎月毎月、判で押したように二十七日にその書留は届いた。

二十五日に給料を貰ってすぐにこの書留を送っているのだろう。そのくらいの想像はつく。

その書留は半年続いた。美野は志望大学に受かり、春から大学生になっていた。

それ以後も書留は毎月来た。来る月も、来る月も、来た。届かない月はなかった。

更に一年が過ぎた。書留はいつしか十八通になっていた。

男の思いを無視して過ごすうち、やがてそれは二十四通になり、三十六通になり、五十通を超えた頃には、美野はとうとう大学の卒業を迎えたのである。

大叔母の志野の家と実家とを行き来して過ごした大学生活を終えた美野は、悩まずに進路を選択し、公務員試験もクリアして、無事に葛飾区役所に採用された。

美野は就職先に大好きな大叔母の住む葛飾を選んだのだ。

美月がこのことをとても喜んだ。美月の身になれば、可愛い一人娘を叔母に取られるような形だというのに、と志野は美月に詫びたが、元々美月自身、志野のことを母親以上に大切に思っていた。逆に、いつかは私も一緒に暮らしたいわ、と言われて思わず志野は涙をこぼした。

そんなある日のことだ。

書留を毎月届けに来る郵便配達の青年から、明るい顔でふとこう尋ねられた。

「この方、毎月仕送りされますねえ。偉いですねえ。坊ちゃまですか？」

志野は鉛を飲んだように言葉を失った。

初めて胸の奥が痛んだ。

空き箱の中に無造作に放り込んである六十通以上のこの現金書留を、五年以上も顧みることがなかった。

一体この封筒の中に幾ら入っているのか。この男はどのような仕事をしながら毎月この書留を送り続けているのか。また、いつまで続けるつもりなのか。

志野は初めて、その封筒の手書きの文字をゆっくりと眺めた。

＊

「いやマジ、実はオレ、毎月書留を届けながら志野さんがガリバーだったって気づかなかったんだが、ある時あれ？　この家ってガリバーの家なんじゃねえかなってふと思った。でもガリバーと志野さんのイメージが違いすぎるから、別の人に住み替わったのかなって思ってたんだ。何かの折りに親爺に聞いたら、いやずっとあの人で、おめえら子どもの頃なぜかあの人のこと怖がってたなって……」フトシがそう言いました。

「そっか、一瞬忘れてたけど、志野さんって確かにあのガリバーなんだよな？」テルが改めてそんなことを言います。

「そうだよ。で、毎月届けながら判子貰うだろ？　オレ、送り主は遠くに住む息子さんなのかなって思ってたから何気なくそう言ったら、志野さんの顔色が変わって。そん時オレ、何か、いけないことを言ったかなと焦った」

フトシがその時のことを振り返ります。

「志野さん、その封筒に書いてある字をこう、じいっと見つめたかと思うと、急に涙ぐんだみたいだ。それからオレの方を見て、作り笑顔でごめんごめん、って笑った」

「毎月仕送りかあ」とテルが大きくため息をつきます。

「一生続けるつもりだったのかな」とブン。

「毎月幾ら送ったんだろうな」とテル。

「私も今それを考えてました」とさおりが頷く。

「普通のサラリーマンでも毎月十万円の仕送りなんて無理だろ？」とテル。

「私くらいのお給料なら五万円でもきついですよ」と恵子。

「書留料金だっておめえ、バカにならねえぞ」とフトシ。

「なんだかその、加害者の人が気になりますね」とさおり。

「私も。何年も毎月……あ、月に幾ら か知らないですけど……お金を送り続けるって大変ですよね」と恵子。

「若い女子はそう思うかい」とフトシ。

「若くないですよぅ、もう三十二」とさおり。

「言っちゃうんだ、歳」恵子が吹き出しています。

「実はね、志野さんも少し思うところがあったようだ」

フトシの話は佳境に入ります。

「ワイン抜きましょうか？」マスターが優しく言った。

＊

書留は続いた。

翌月も、その翌月も、そして翌年も。決して遅れることはなく、必ず毎月二十七日に届いた。

あっという間に夫の七回忌を迎え、志野は七十二歳、美野も二十三歳になっていた。

ある日、美野が家に帰ってくると、志野は一人、木根川小学校の塀に面した狭い庭を眺めるように縁側に座っていた。

「志野ちゃん。虫来るから、戸、締めた方がいいよ」

そう声をかけた時に、志野が泣いているのに美野は気づいた。

「志野ちゃん、何かあったの？」

美野が尋ねると、志野は柔らかく笑った。

「美野、ここへお座り。私ねえ、田中美喜夫に手紙を書いたのよ」

「え!?」美野は言葉を失った。

「意味分からないよ」

「私ね、もう亡くなった勲夫の歳を追いこしたの」

「…………」

「何だかね、あの書留の文字を見ているだけでね、この頃悲しくなるの。だから迷惑だからもう送らないでって手紙を書いたのよ」

「志野ちゃん……」

「だってねえ、美野、あれから丸六年が過ぎたもの」

「許すの？」

「私は永遠に許さないし、向こうだって死ぬまで許されるなんて思わないでもらいたい。それはお互いに分かっているのよ。でもね、今朝久しぶりに勲夫さんが夢に出てきた。でね……」

そう言って絶句したきり志野は、美野にすがりついて声を出して泣いた。

志野は半時間も泣いていたが、やがてこの気丈で明るい大叔母は、すっかり生まれ変わったような笑顔になって言った。

「美野、今夜は一杯飲るか!?」

＊

「志野さんの手紙は届いたはずなんだけど、送金やめなかったんだ」とフトシ。

「え？　もういいって言ってくれてるのに送金やめなかったの？」ブンが驚いています。

「うん。それ以後も、ずっと続いた」

「ええ？　マジか？」

「だってオレが配達してたんだもん毎月。だから知ってる」

「そっか、そだな」とテル。

「それで志野さんと話し込むようになってね。もうその頃にはこの人がガリバーだったなんてすーっかり忘れてた」

「俺達は忘れてない」とブン。

「色んな話をしたよ。でね、もう送金はやめてくださいって手紙を出したのに向こうがやめる気配がないので草臥《くたび》れてきてね、オレに言うの。その書留、受け取らなきゃ、本人に戻るのか？　って」

「おお、なるほど」

「そりゃ手続き上はそうだけど、それでいいんですか？　って聞いたら、少し黙っちゃって。それでね、それをたまたま聞いてた美野ちゃんが断りに行くことになったんだな」

「どこへ？　ええ⁉　その田中……何とか？」ブンが口を尖らせます。

「美喜夫だよ。まだ憶えねえのかよ、紙に書け」とテル。

「そうそう。大阪の門真《かどま》って町に住んでたらしいんだが、美野ちゃん、わざわざ大阪まで出掛けていったんだな」

「信じられナーイ」

「あり得ナーイ」女子がハモっております。

「で、もっとあり得ない話になるのであります」フトシが勿体付けて言います。「この続きはまた明日」

「や、いやいやいやいや、それはないそれはない」とブン。

「もう十時過ぎだぜ、女子は早くお帰り」

「や、いやいやいやいや、それはない」女子がブンを真似ます。

*

門真に住んでいた田中は近くの町工場で働いていたが、自宅に電話もなければ、携帯電話も持っていない。ようやく勤め先が分かり連絡をしても、美野の電話になかなか出ようとはしない。

無礼な、と一旦美野は連絡を取ることをやめようとしたが、どうしても、と志野に懇願され渋々電話をし続けた。

後に分かったことだが、最初田中は「立花志野の代理である」という美野の言伝《ことづて》さえ信じなかったようだ。口をきいてもらえることは絶対にない、と思い込んでいたからだ。美野と会うことも初め、畏れ多いと固辞し続けたが、「立花志野の代理人として会ってもらわねば困る」という言葉を口にした途端、ひれ伏すようにおずおずと面会を承諾した。門真まで来ていただくわけにはいかないからと言われ、大阪駅近くのホテルの喫茶室で待ち合わせた。

田中は一張羅らしいスーツにネクタイ姿で現れて、深々とお辞儀をした。

美野はその顔に覚えがあった。あの日この近くの病院で確かにこの顔を見た。この男は土下座をして泣き崩れていたから美野の顔など覚えていまいが、美野はこの男の顔だけは一生忘れまいと思った。

「ご無沙汰しております」と美野はわざとそう言った。

精一杯の嫌みのつもりだったが、田中は「誠にお詫びのしようもありません」と小さな声で答えた。そうして深く頭を下げると、そのまま動かなかった。

喫茶室の従業員が怪訝《けげん》な顔をするので、耐えかねて美野の方から、「お顔をお上げください」と小声で言った。

それから美野は「もう二度と書留を送らないでほしい」という志野の言葉を伝えたが、田中はそれは出来ません、と答えた。

そうして彼は胸の内を訥々と語った。

田中は、今、志野に賠償金を少しずつでも送ることが自分の心の支えなのだと言った。

事故のあと、前に勤めていた会社はいづらくてやめた。泣きたくなることもあったが、被害者の遺族の悲しみや涙の重さを思えば自分に泣く資格はない、と言い聞かせて生きてきた。

高校時代からの親友のつてで、ようやく今の会社に就職できた頃には事故から一年近くも経ってしまっていたのだ、とひたすら詫びた。

事故の後悔も、反省も少しも薄まることはないが、ささやかでも送金するたびに、毎月、ああ、今月も自分に出来る精一杯のお詫びが出来た、と思うようになった。

はした金など何の慰めにもならないだろうが、自分は生涯こういう形でしか償うことは出来ないだろう。どうか奥様にお願いして自分の勝手なお詫びを続けさせてもらえまいか、と逆に懇願された。

志野にそのまま告げると、彼女はやっぱりという顔をした。そして、毎月届く書留の宛名書きの文字を見るたびに悲しそうな顔をした。

それで美野は志野に懇願されて幾度も大阪へ行き、田中に会って送金をやめるように頼んだ。しかし田中は「申し訳ありません」を繰り返すのみで、一向に送金をやめることはなかった。

実はこの頃、美野の心にある変化が起きた。何度も会ううちに、田中の心根に彼女の純な心が揺れたのである。

田中が本当に苦しむ姿を見ながら、ふと、もしかしたらこの人もまた被害者なのかもしれない、と思った。それから田中に対する美野の言葉の切っ先は和らいだ。

田中も初めて会った時に比べれば、少し饒舌《じょうぜつ》になった。

事故当時二十四歳だった田中はもう三十歳になっており、あの時十七歳だった美野は二十三歳になっている。

この思いの変化を美野自身も理解することが出来なかった。初めは田中に対する同情の類《たぐい》だろうと思っていたからだ。

この男は大好きな志野の夫の生命を奪った憎むべき人だ、と何度も言い聞かせても、どうしても田中を憎むことは出来なかった。

そしてむしろ、この無器用で真面目な男が一生にたった一度犯した過ちに対して、その人生を懸けて償おうとするその姿に感銘さえ覚えるようになったのである。

こういう人物に出会ったのは初めてで、今後こういう人物に出会うことはおそらく二度とないだろう、という確信に至るまでにさほど時間はかからなかった。

こうして二人の心は次第に近づき、肝胆相照らす仲になったのだ。

美野はこのことを志野に告げることは出来なかったが、もしや志野は美野の微かな変化に気づいていたのかもしれない。

勿論、普通の恋とは圧倒的に異質の恋である。言うなれば大叔父の命を奪った男と恋に落ちるなど、大叔母に対する最大の裏切りだと思う。

この恋は、二人の心で密かだが染みるようにゆっくりと育まれていったが、どう考えても許されるはずのない恋なのだ。それで思い詰めた末に田中の方から退いた。あと一歩の場所で二人は思いとどまったわけである。

しかしこれで却《かえ》って美野の心は一層揺れた。どれほど鎮めようと努力をしても、美野の想いは大きく揺れ続けて自分でも止められなかった。

祖母の志保も母の美月も、密かに胸の底に持ちながら噴き出すことなく眠らせてきた血の中の熱情が、突如としてこの温和《おとな》しい美野に噴き出したのだ。

そのことに、同じ血を持つ志野は気づいていた。

ある日、志野に真っ向から、あなたに一体何が起きているのか、と問い詰められた美野は、どうか最後まで怒らずに聞いてほしい、とすがりつくように頼んだ後、その思いの丈を告白した。

実は自分でも半年ほど前、田中への思いに気づいたのだけれども、いくら何でも許されるはずもないので、諦めて引き返すことにした、と告げた。

しかし、そういう思いを抱いたということだけでも自分は許されない、と美野は言った。

志野ちゃんに対する最もひどい裏切り行為だった、と。

全ての話を聞き終えるまで一切口を挟まなかった志野は、聞き終え、顔色一つ変えずによく通る小さな声で美野に告げた。

「その人を呼びなさい」

「え?」

「すぐにその人をここへ呼びなさい」

その声の響きに美野は戦慄した。美野は自分が、決して触れてはいけない大叔母の逆鱗《げきりん》に触れたと思った。

おそらくこのことで志野は、夫を失った時に呑み込んだ怒りをとうとう解き放つのだろう。

美野はこの大叔母には自分よりも激しい血が滾《たぎ》っていることに気づいていた。

これで懸命に償おうとしている加害者の心を、自分の勝手な思いが踏みつぶすことになるだろう。

「オレの知るのはここまで」とフトシが申します。「志野さんがその男をここに呼んだのが明日で、全ては明日だ」

＊

「え？　ここって？　この店ってこと？」とテルが目を丸くします。

「ここ……ですか？」マスターが大きく瞬きをしながら、ふうっとため息をつきました。

「オレはそう聞いた」とフトシ。

「え？　明日その……田中美喜夫が来るの？　ここへ？」とブン。

「おお、やっと名前覚えたか」テルが笑って、訊きます。「何時に？」

「午後七時開演」フトシが澄まして言いました。

「それ……修羅場になるのか？」とテル。

「さあ？　少なくともただ事じゃ済むまい」フトシがため息をつきます。

「俺達はどうする？」とテル。

「ここに来てもいいのかな？」とブン。

「分からねえけど……俺は勝手に来るよ」とテル。

「じゃ、俺も知らんぷりしてここに座ろう」とブン。

「じゃ、私達も」と女子。

「さて私はどういたしましょうね？」マスターが肩をすくめると、「マスターは店を開けること。全ては明日の晩に終わるのさ」フトシはそう言って不安げに笑うのでございました。

「では明日は貸し切りにしておきましょう」マスターが小さな声でそう言いました。

＊

田中美喜夫が銀河食堂に現れたのはその日の午後六時半で、志野の指定した時間よりも半時間早い。

追いかけるように美野が現れて、最初田中の隣に腰掛けて何か話していたが、改めて一つ空けて座り直した。

テルとブン、それに今日は非番のヘロシがもう飲んでいる。

恵子とさおりがおそるおそる入ってきて、密かに会釈だけして声もなく隅っこの方に座る。

ボオン、ボオンと柱時計が午後七時を打ち始めた。

向こうからフトシと志野が連れだってやってくるのが見えた。

カラン、とカウベルが鳴ってまずフトシが入ってくる。

「ようよう、フトシ元気か？」

大体のあらましはテルから聞いたけれども、昨日ここにいなかったヘロシはお気楽にフトシに声をかける。

フトシは今夜はオヨヨと言わず、向こうの美野に片手を上げて挨拶して、静かにヘロシの隣に座った。

志野はフトシのあとから入ってくるなり、店の中をグルリと見渡した。

その鋭い視線は懐かしいガリバーの眼だった。

一同が背筋を伸ばして固唾《かたず》を呑む。

志野は小声で「おやおや」と言った。

「どこかのお喋りが観客を集めたようだね」

フトシが慌てて首をすくめた。

「お願い、志野ちゃん、聞いて」美野がそう言いかけるのを制して、志野は静かに言った。

「マスター、お騒がせしてごめんなさい。全くフトシは子どもの頃からお喋りで困る。だから嫁が来ないんだ」

フトシはしきりにおしぼりで汗を拭います。

「ちょうどいい。皆さんの前でお話ししましょう」

志野はそう切り出すと、決して大声ではないけれども、凜と響く芯のある声で一気にこう言った。

「田中さん。あなたは事故とはいえ、私の夫の生命を奪いました。このことを悲しいと思わなかった日は、これまでに一日としてありません。ただ、あなたを恨みに思ったことがあっても、あなたを憎んだことは一日としてありませんでした。そしてあなたは、私に対してその責任を痛感し、懸命に謝罪しました。私は心から謝罪する人を許さないような人間ではないつもりです。私は今ここで、夫、勲夫と共に、あなたの過ちを許します」

田中は一瞬、棒を呑んだように凍り付き、次の瞬間、その場にゆっくりと崩れ落ちた。

貰い泣きを始めた連中の顔をじろり、と見回したあとガリバーは、すぐに優しい志野の顔に戻ってマスターに言った。

「さあ、皆さんにシャンパンを」

その瞬間を待っていたかのように、ポン、といい音がした。

「今日は、飲むよ！」と志野が高らかに言う。

歓声が上がった。

*

「いやあ、たまらん」とブン。

　恵子とさおりは言葉が出てきません。

「志野さん……格好良かったなぁ」テルがため息をつくその隣で、先ほどからずっと号泣しているのはヘロシです。

「あの後の、志野さんの台詞、凄かった」とブン。

『私の夫はお酒が大好きで、あの日もしたたかに飲んでいました。だからひょっとしたらあの日、夫の方があなたの車の前にふらりとよろけたかして、飛び出してしまったのではないか。私はその疑念が捨てきれなかったのです。でもあなたは一切弁解をせず、全ての罪を認めましたね、それがあなたの人間性の高さです』

　志野は田中に向かってそう言ったのでした。

「なあ、どうしてそんな風に思えるんだ？　被害者だぜ」とブン。

「『あなたは私の可愛い美野の心まで奪ったのですから、それも償わねばなりません』か。驚いたなあ」

そう言いながらヘロシはまだ泣き続けています。

「『どうか美野を幸せにしてください』かぁ」

テルまで涙を拭っています。

恵子とさおりは先ほどからずっと、ただ静かに泣くばかりです。

「田中さん、来月も書留送るんだろうか」ヘロシが呟きます。

「おそらく」マスターの声も潤みます。

「マスター、志野さんが今日田中を呼んだ理由はね……」

オヨヨのフトシがようやく震える声で言った。

「今日、一月二十七日は……勲夫さんの命日なんだ」

マジカのケンタロー始末

『無器用な男』

春になりますと、風の色が変わるように人々の顔が新しくなります。

学校、職場での新しい生活が始まって、いつもの道でも違う顔が目立つようになりますな。

昨日まで何だか頼りなかった小学生の坊ちゃんが、中学生になった途端に妙にきりりとした顔ンなって、少し大きめの学生服に身を包んで胸を張って勢いよく歩いていく。

女の子の方も学生から社会人になりますと、真新しいスーツに身を包み、つい数ヶ月前までは茶色だか金色だかに染めていた髪を染め戻したりします。

意見には個人差がございますが、やはり日本の女性は黒髪が似合いますようで。

その肩口まで伸ばしました黒髪も、決してざんばらにはいたしませんで、ぐっと頭の後ろで決心の一束にきりりと結んだかと思うと、真新しい鞄を提げて駅に向かって少しばかり早足になって歩いてゆく姿は、一夜のうちに生えた新鮮な筍のように勢いがございますな。

そんな季節、おなじみの「銀河食堂」のお噂でございます。

お母さんも髪を染めたようでして、黒々とした髪の色になりますとまた一層若く見えます。

お天気の方は三寒四温から次第に菜種梅雨《なたねづゆ》に移ります。

降るような降らぬような、それでも雨模様と言うには空も高く、時折青空も覗こうという、気象予報士を悩ませる昼下がり、午後二時頃にお店にやってまいりましたお母さん、何やら珍しく店の中で料理をしておりましたが、出来上がってカウンターに並んだ大皿は「肉ジャガ」でございました。

マスターが現れましたのはいつもの午後四時過ぎで、まずは奥の納戸から……といいますか物置……いや、ここは小部屋と申しておきましょうか……チェロのケースを運び出しまして、楽器を取り出しますとそっと調弦などいたします。

店の奥に飾ってありますチェロは、出しっ放しの置きっ放しではございませんで、毎日閉店後、マスター自らファイバー製のケースに仕舞いまして、きちんと奥のその……小部屋に仕舞うのでございます。

で、開店前にこれを取り出しまして毎日自分で調弦をいたしましてから、店の奥の角にある五寸高、一辺が五尺五寸ほどの直角三角形の、決してステージとは呼べない狭い台の上に倒れぬように立てかけます。

つまりこのチェロは只の飾りではなく、マスターも大切にしている本物の楽器なのでございます。

そうこうしております間に、お母さんが様々な料理を運んでまいりまして開店準備も整うわけで。

本日カウンターの主役はじっくりと煮た豚の角煮「トンポーロー」です。これをお手製の蒸した熱々の酒饅頭の皮に挟んで食べますと絶品です。いわゆる角煮饅頭というヤツで。但し饅頭は数に限りがありますので、「吉田庵」のテルの現れます頃にはとうに売り切れております。

それから「小イワシの南蛮漬け」。玉葱をスライスして軽く水に晒し、よく水切りしたものを南蛮漬けの上にぱあっと撒きまして、特製のお酢で頂きます。このお酢がまた甘すぎず辛すぎず、醬油の風味の、微かに遠くでショウガとゆずの香りがいたします絶品で。

他には鶏肉とレンコンとゴボウとこんにゃくを煮付けたものなど、見るだけでもう、つい日本酒が欲しくなりますな。

また、お母さんの得意な雪花菜《おから》が毎度大皿に載っておりますが、これはもう、舌触りがフエルトのような、きめの細かい卯の花に長崎産のひじき、山梨県市川三郷《いちかわみさと》産の人参、お手製のお揚げなど選《え》りすぐりの食材で拵《こしら》えられておりまして。甘すぎず、辛すぎず、何ともこう、奥行きのある、妙な言い方ですが実にこの、雪花菜離れしたような立派な雪花菜で。

その他に、今日は出始めの野菜にベーコンを焼いて刻んだのやらゴボウの揚げたのやらをまぶしましたトスサラダといったもの。

これらがカウンターの上に並んでいて、このお総菜が好きで通う人もあるほどですが、〆にはうどんでも蕎麦でも、時にはラーメンまで出してくれる上にお値段もリーズナブルというのですから、客の方は幸せな限りで、あとは気の置けぬ仲間と杯を傾けるばかりという塩梅ですな。


今夜は浅い時間に、このところすっかり常連になりました保険会社の恵子とさおりが、新人の「まあやん」と呼ぶお嬢さんを連れてきておりましたが、何だかその後の予定があるそうで、軽く食べながら（角煮饅頭はここで売り切れです）軽く飲んで、八時過ぎには帰りました。まあやは麻絢と書くそうで、きらきらネームというのでしょうか、こうなるともう一体どこの国の人だか、さっぱり分からない。

お嬢さん方が帰るのと入れ替わるように、コンピュータ修理のブンこと菅原文郎がカラン、とカウベルを鳴らして滑り込むように現れました。

「あれ、今日はお早いですね。お帰りなさいませ」

「九州から帰ったばかりだよ。もう桜が咲いてたぜあっちは」

ブンは首を左右に折り曲げてポキポキと音をさせて入り口に一番近い席に座ったあと、伸

び上がって目で大皿を物色してから、

「今日はもう寝るだけ。マスター、雪花菜と肉ジャガね」

「お持ちいたします。そうそう、今日は珍しくズワイガニが入りましたよ」

「へえ!? ぜーたくだなぁ、ズワイガニ？」

「ええ、山陰の蟹はもう終わりましたが、青森の知人が送ってくれましてね」

「頂くに決まってるでしょ」

「では日本酒にしますか？」

「さすが。吟醸酒がいいな」

「黒龍の『しずく』がございますよ。蟹に一番合うお酒です」

「うっひゃあ、最高じゃんよ」

少し冷やした「しずく」正一合のクリスタルの徳利を脇に置いて、ブンが手酌で旨そうに、これまたクリスタルの酒杯を舐めております。

そこへ追いかけるように、葛飾警察署生活安全課勤務の安田洋警部、通称ヘロシが、明日は非番らしくジャージ姿で現れます。

「お帰りなさいませ。あ、おニューですね？」とマスター。

「いつものジャージじゃんよ」とブン。

「さすがマスターだね。分かるんだ」

「発色が違います」

「へえ。俺にはどう見てもテツａｎｄトモにしか見えねえ」とブン。

「うるせえよ。お？　ブン、何だよ豪勢だな。蟹で日本酒か？」

「うん。やっぱ蟹ときたら日本酒でしょうが」

「分かるなあ。でも俺はホッピーね、マスター。それからその、雪花菜と……南蛮漬けと……蟹まだあるの？」

「ございますよ」

その時またカウベルが鳴りました。

「三人ですが……いいですか？」

どうやら今夜は大繁盛のようで、三人連れの男性が入り口に立っております。三人とも初めて見る顔、いわゆるイチゲンさんですな。

先頭の男性はブンやテルよりは少し若い人でしょうか、それでも四十でこぼこ。スーツ姿が板についておりますところを見ますと、しっかりとしたサラリーマンに違いない。

後ろの二人はもう老齢に見える紳士です。一人は三つ揃いの高級スーツに身を包んだ物分かりの良さそうな、一目でインテリだと分かる白髪の紳士。それから一番後ろの一人は見るからに気の弱そうな、それでもいかにも人の好さそうな人で、どこかの会社のユニフォームのような作業着を着ておりまして、こちらは七十歳に近いかもしれませんが、殆ど薄くなった白髪をきちんとオールバックになでつけております。

若い人と年配の二人とは、およそ親子ほど歳が離れて見えます。ま、一口に申し上げれば、いわゆる不釣り合いな三人連れでございます。

「さあ、どうぞ。お帰りなさいませ、奥が空いております」

マスターが柔らかく誘うと、三人は先客に軽く会釈をしながら奥の方に座ります。

三人はそれぞれ「取り敢えず」とか言いながら生ビールを頼み、改めて乾杯などいたしまして、そこはそれ、酒場らしく次第にゆるゆるとほぐれていくようで。

それにしても、飲み友達とも会社の寄り合いとも違う、奇妙な三人連れで、巧くは言えませんが、なんだかそれぞれの体温が微妙にずれている、と言いますか、普段はさほど親しいわけではない三人、と見えますな。

暫くしてカラン、とカウベルが鳴って吉田庵のテルが現れるなり愚痴をこぼしております。

「新しく若いのを入れたんだけど、こいつがまた酷く要領悪くてさ。誰でも最初はそうだけど、ま、そのうち、だな」

「要領よく出来る奴ならおめえんとこなんかに修業に来ねえよ」

「確かに」大声で笑ったテル。

「マスター、俺もその、豪勢な蟹と、肉ジャガと、南蛮漬けと……ワインね。ああ、腹減った」

「今日のグラスワインはイタリアですが」

「いいんだよマスター、イタリアだかフランスだかカリフォルニアだかコイツ分かっちゃいないし」ブンが毒づいています。

「確かに」テルは逆らいもせず一緒に笑っています。

「ああ旨ぇ」

グラスワインを一口飲んで大きく息を吐き出したテルの横顔をじっと見ていた先ほどの三人連れの一番若いのが、ふと呟くのが聞こえました。

「あれ？　テルさんじゃないですか」

振り返ったテルの顔がほころびました。

「あん？　ケンタローか？」

「ああ、やっぱテルさんだ」

ケンタローと呼ばれた男が立ち上がってテルに挨拶しています。

「久しぶりじゃねえか、おめえ老けたなあ」

「酷《ひで》えなあ。でもテルさんは変わらねえなあ」

ケンタロー、嬉しそうです。

テルがケンタローと呼んだ相手はこの辺りで一番大きな軽金属加工会社、東亜軽金属の総務をやっている茂木《もぎ》健太郎《けんたろう》で、彼もテルの幼なじみで、やはり木根川小学校、中川中学校の二年後輩になります。

驚いた時や感嘆符がわりに『マジか』と言うのが癖なので、渾名は『マジカのケンタロー』。

「お楽しみのとこ、お邪魔してすみません。私この近くで蕎麦屋をやっている吉田と申します。コイツの小学校中学校の同窓生で」

「あの、僕の先輩なんです」とケンタロー。

それから改めてテルに連れの人を紹介します。

「ウチの会社の弁護士さんと……その……古い友達です」

口ごもっているのを引き取るように、「私は茂木君の……東亜軽金属の弁護士の室井《むろい》っつうもんです」と、弁護士さんが手をさしのべて握手をします。

物腰の柔らかさは勿論、そのくだけた親しみの籠もった口調は、弁護士という難しい仕事をやっている人とはとても思えない。

いっぺんでテルは打ち解けたようです。

テルはこれで案外難しいところがあって、気に入らないと、隣に座っても口もきかない強情なところがあるのでございます。

「この二人は……」テルはブンとヘロシを振り返って、「こっちは菅原ブン、コンピュータの会社勤め。こっちは安田ヘロシ、ヘロシは警察官です」。

「菅原です」

「安田と言います」

「やあ、はじめまして。ああ、そうですか警察の人」と室井氏。

「今は生活安全課にいます」とヘロシ。

「あ、そりゃ大変だ」弁護士はヘロシの大変さが分かります。

「兄弟みたいな連中でね、そういう意味ではこいつらもこのケンタローの先輩ってわけです。よかったら一緒にやりませんか」

テルがそう言うと弁護士の室井氏はぱあっと明るい顔で、「いいねえ、望むところだ」。

「おっと先生、望むところ、はいいね」

テルったらすっかり友達口調です。

「先生はよそうよ、室井恵《けい》っていうんだ、めぐみちゃんの恵ね。だからけーちゃんでもいいよ。それからこの人ぁね」と隣の人を指して言います。「古い友達でね、今、立石のデイケアサービスで手伝いをやってる菊地《きくち》さん。ヨロシクね」

「菊地と申します」

立ち上がると、何と言ってるんだか分からないような小さな声で、もそもそと何やら挨拶をしているその人、歳の割にいかにも頼りないように映ります。

七十まではいかないだろうが、こんな無器用な感じの、しかも年配の人がデイケアサービスで働いているとなれば、なるほど今や老老介護の時代なのだということが却って知れる。

「ああ、立石のってえと、あそこですか？　奥戸橋の手前の……こっちから行くと右手の方にある？」

「そうそう」と室井弁護士が引き取る。「デイケア『かつしかみのりの家』ってところなんだよ」

「ああ、それ、俺の知り合いのおばあちゃんがお世話になってるとこですよ」とテルが膝を打ちます。

「へえ？　なんて人？」と室井氏。

「松井《まつい》って人なんです。常連さんのお母さんで」

「知ってる？　松井さんって人」室井氏が菊地さんに聞く。

「あ。平和橋の近くにご自宅のある方……」口の中で菊地さんがもそもそと答える。

「そうそう、平和橋の近く」テルが言う。

「へえ？　知ってる人？」と室井氏。

「はい。私の……担当なんです」

「ほお、そりゃあ奇遇だ。いやその松井さんってのぁ、いい人でねえ」テルが語り始めて一同の気持ちが解《ほぐ》れていく。

良い酒場は良い集会場でもあり、良い学舎《まなびや》でもあります。生徒同士は、あっという間に打ち解けてまいりますな。

「それにしても先生さぁ」とすっかり座が温まってご機嫌になったブンが室井氏に尋ねます。

「軽金属と弁護士さんとデイケアってのは、三題噺みてえな飲み仲間だなあ」

「いや、この三人で飲むのは珍しいんだよ」

室井弁護士がそう言います。

「三回目……だったかな？」と指を折ってケンタローが続けます。

「僕と菊地さんとか、菊地さんと先生とかで飲むことはあるんですけど、三人で一緒に飲むのは珍しいんです」

「そういう関係ってあるよな」とブン。

「室井先生には今ウチの顧問弁護士をお願いしてるんすけど、……昔、とある裁判でお世話になった……っつうか……ま、色々ありまして」

ケンタロー、しどろもどろで何を言っているのか意味が分かりません。

「よく分からねえな」テルが吹き出します。「おめえが裁判で室井さんに弁護してもらったのか？」

「いえ、その頃は先生は裁判官で」とケンタロー。

「何かやったのか？　ケンタロー。裁判官のお世話になること」とテル。

「そうじゃないのよ」室井氏が引き取ります。「開けっぴろげに話せないことってあるじゃない。ほら、今、個人情報うるさいでしょ」

「おっと意味深ですね」とテル。

「どっかで聞いたことあるな、個人情報保護法があるから話せないっての……」とブン。

「俺が言ったんだよ、ずいぶん前にな」とヘロシ。

「あ、でもあん時はおめえ、雑談だからいいやって言って話してくれたじゃねえかよ」とブン。

「雑談だ、なんて言わねえよ、あくまで『世間話だぜ』って念を押しただけだい」とヘロシ。

「うん『世間話』か、巧いな、反則だけど」室井弁護士が吹き出します。

「え？　じゃあ三題噺で想像するっきゃないのね」とブン。

「茂木君の『世間話』ならいいだろう」と室井氏。

「よおよお、そうこなくちゃ」とブン。

「先生がいいっておっしゃってんだろがほら、早く吐け」

テルが睨んで言います。

「うわマジか……」

暫く天井を仰いでいたマジカのケンタローが大きく深呼吸をすると、やがて腹をくって、こんな話をした。

＊

茂木健太郎の趣味はサイクリング。独身の健太郎、休日は大概サイクリングに出掛ける。行ったら帰らねばならないので、余り遠出をすると帰りが疲れてしまい面倒なところはあるが、気候も穏やかでお天気も良い日となれば運動不足の解消にもなるし、なにより気持ちがいい。

葛飾あたりからなら、千葉県の市川市国府台《こうのだい》の里見公園あたりから松戸の矢切あたりへ出て、水戸街道からのんびり戻っても半日コースだ。

その健太郎が遭遇した、今から十年前の話である。

秋の初め、そろそろ金木犀《きんもくせい》が香り始めた日曜日、久しぶりに床屋へ行って髪を切り、一週間溜まった洗い物を済ませると、あっという間に午後になっていた。

たまには映画でも観ようかと思って面白そうなものを探したけれども、さして興味を引く映画もなかったのでフラリと自転車にまたがった。

もう昼も過ぎていてそう遠くへは行けないから、時期的には少し早いかもしれないが水元公園のフジバカマが見られたらいいと思ったのだ。

大通りを使えばもっと早く辿り着けるが、環七《かんなな》、水戸街道のルートを選ぶと交通量が多く危険な上に空気が悪い。そこで立石から青戸を通り、高砂《たかさご》から金町《かなまち》へ出て大場川沿いの水元公園まで、四つ木の実家から細い道をふらふらのんびり移動しても一時間とはかからない。

辿り着いたのはもう午後三時近くで、真夏であれば日曜日のこの時間でも家族連れで大層な賑わいだけれども、さすがにこの季節はやや閑散としている。

大場川の川沿いにふらふらと自転車に乗ったり降りたりしながら歩いているうちに小腹が空いてきたので、まだ開いていた「涼亭」に寄って蕎麦でも手繰《たぐ》ろうかと思ったら、ついメニューにそそのかされて海老穴子天丼を食べてしまった。

川の畔《ほとり》に出る頃には既に陽も傾きかかっていたので、ゆるゆると帰路に入る。

メタセコイアの森を抜け、大場川の川面の空気を胸一杯に吸い込む。子どもの頃からこの空気を吸ってきたせいか、肺の中が洗われるような心持ちになる。

そろそろ薄暗くなってきたので河原を離れ、再び森に入りかかると、人気《ひとけ》のない奥の辺りになにやら不穏な気配がした。

眼を凝らしてみるとやはり人が倒れている。

その場に自転車を乗り捨てて森の奥へ慌てて入っていくと、七、八十歳くらいの老女が横たわっていて、近くに車椅子が倒れていた。

「大丈夫ですか、どうしました？」

健太郎が声をかけるが女性に反応はない。

何が起きたか分からないので無闇に女性の身体を動かさず、取り敢えず時計を見る。午後五時を少し回っているが、ひょっとしたらまだ公園の事務所に人が残っているかもしれない。

その時、およそ五メートルほど離れた暗がりの中から呻《うめ》き声が聞こえた。

近づいていくと、六十歳くらいの男性が倒れている。その人は首に紐を巻いて倒れており、近くに付け根あたりから折れた大きな枝が落ちていた。なるほど、首吊り自殺をしようとして枝が折れたのではないか、と察する。

男性は喘《あえ》ぐように荒い呼吸をしている。

「大丈夫ですか、もしもし、大丈夫ですか！」

男性に声をかけながら携帯電話を取り出して、水元公園の公園事務所に電話を掛けるが遅すぎたようで、営業案内のテープが流れ始めた。

女性の方へ戻って声をかけるが、どうもこちらは息をしていないように見える。

「うわ、マジか」

ここに到って健太郎は初めて心臓が高鳴って、携帯電話で一一九番を呼んだ。

*

「何だよ、事件か！」ヘロシが思わず立ち上がって叫んでおりますな。

「おお、さすが警察官だなあ」隣で室井氏が暢気なことを言う。

「だからぁ、前置きが長《なげ》えんだよ。おめえがどこ通って水元公園行こうが、道行きなんざどうでもいいんだよ！」テルが笑いながら怒っております。

「それは事件なの？」ブンが真面目な顔で言う。

「うん、事件なんだよ」室井氏が落ち着いた声で答えます。

「ちょっと待て、飲むものがない。マスター何か頂戴」ヘロシが喉をゴクリと鳴らして訴えております。

「倒れていた女性が気になりますね」マスターはそう言いながらヘロシにホッピーのお代わりを差し出し、ブンには「しずく」を、テルにはワインを注ぐ。

「僕にもね、ついでに茂木君と菊地さんにもね」と室井氏。

「承知しました」

マスターはケンタローと菊地氏に生ビールのお代わりを、最後に室井氏には赤ワインを一杯。

「よく分かるね、欲しい物が」室井氏が目を丸くします。

「そうなんですよ、マスターはね、不思議なところがある。人の心が読めるように欲しい物が出てくるんですよ」ヘロシが胸を張ってそう言っております。

「ホントだ、水元公園の涼亭の海老穴子天丼、旨そうだな」ブンがスマホの写真を差し出して笑っています。

「スマホに聞いてる場合じゃねえだろうが、バァカ」テルががっくりとうなだれております。

「事件なんだぞ、バカ」ヘロシがホッピーを吹き出しかかってそう言いました。

一人室井氏だけが大笑いをしておりますな。

「先生、笑いごとじゃない」ヘロシがたしなめると室井氏軽く咳払いをして、「いや、私はこの話知ってるから」。

「あ、そうなんだ」とブン。

「いいから先を話せっつってんだよ、ケンタロー、てめえ焦れってえなあ」とテル。

「ちょっと一息入れさせてくださいよ」ケンタロー、ビールで喉を潤しまして話を続けようとします。

「ビール飲んでんじゃねえよ、ケンタロー」テルが急かします。「それでどうなったか早く言え」

「喉、渇くんすよ、ビールくらい飲ませてくださいよ」ケンタローが息を整えながら答えております。

「おめえ度胸あんなぁ。暗がりで死んでる婆ぁと意識不明のおっさん相手に、おめえよくそう落ち着いていられたなあ」ブンが言います。

「うん、確かにそれは偉い」とヘロシ。

「そういう時さ、知らんふりして関わろうとしない奴が多いんだ。そうなると助かる奴も助からない。発見や通報は早くないと意味がない。そういう意味ではおめえ偉いよ」ヘロシが警察官らしいことを言ってケンタローを褒めております。

「手助けを探す、正確な状況を把握して直ちに通報する、そして現場を保全して、パトカーを現場へ誘導する、百点ですね」マスターが感嘆してそう言いました。

＊

まずパトカーが来て、その五分後に救急車が来た。そして後から更にパトカーが三台来た。他に鑑識などの係員や刑事の乗った車が三台。もう、中央広場は大変な騒ぎだ。

この頃には、先ほどは人っ子一人いないと思っていたこの公園に、まだこれほどの人数がいたのかと改めて驚くほど人が沢山集まっていた。

心肺停止状態の女性と意識不明の男性は、直ちに一番近い青戸病院へ搬送され、そこで女性の死亡が確認された。死因は頸部《けいぶ》圧迫によるもの。

女性の首に巻かれていた着物の腰紐の片方は、車椅子の車輪の太いスポークに固く結びつけられており、もう片方の端に木片が付着していたため、当初自殺と見られた。しかし、検死の結果、首に付いた圧迫による擦過痕と、その際に出来る特有の内出血が発見された。

おそらく女性は自ら死のうとして死にきれず、何らかの理由で第三者（おそらく近くで意識不明になって倒れていた男性）の手で絞殺された、と見られた。

男性は三日後に意識を回復し、一週間後には任意での事情聴取が行われた。その結果、二人が母子であること、経済的事情で心中を決意したこと、母が死にきれないのを不憫《ふびん》に思った息子が、最後は首を絞めて殺害したことを告白した。

息子は自分も死のうと首を吊ったが、運悪くと言うべきか、あるいは幸運にもと言うべきか、思いがけず太い枝が折れてしまい、意識不明の状況で喘いでいるところを茂木健太郎に発見されたわけである。

そうして息子は健康回復後、母親の自殺幇助《ほうじょ》で逮捕・起訴されたのである。

息子は五十七歳。母親はその時八十五歳だった。

＊

「あ——、憶えてるなあ、その事件」ヘロシが呻くように、大きなため息をつきました。

「俺はその時交通課にいてさ、消防からの緊急通報があったのを憶えてるわ。ちょうどパトカーで上平井《かみひらい》橋の上にいたんだ。だから行けなかったけど。あれは辛い事件だったたっけなあ」

いかにも切なそうにヘロシが歯がみをしています。

「ふうん。じゃあ、それ、殺人事件ってこと？」とブン。

「そりゃそうだよ、とどめを刺す形になったんだろ？　その息子がさ。結果、殺人と同じじやん」とテル。

「でも、お母さんの方は自殺しようとしたわけだろ？　死にきれなかったのを死なせるのは、自殺幇助、っつうんじゃないの？」ブンが食らいついています。

「あ、自殺幇助と同意殺人の科刑は同じなんだよ、ねえ先生」とヘロシ。

「その通り。警察官は分かってるだろうけど、皆さんに知っておいてほしいのはね、自殺は違法行為ってことなんだ」室井氏が強い口調で言いました。

「え？　自殺って違法行為なの」とブン。

「当人を処罰できない、というだけなんだな。だから、当人が死を選んだとしても死ぬ手助け……関与した人は処罰されるんだよ。当人が自殺を望んでも、死にきれない人を殺せば自殺幇助。日本では安楽死に関与した医師は嘱託殺人っていう罪になるんだよ」室井氏が切なそうな顔で続けます。「命は本人の持ち物ではないっていうことなんだよ。だから当然他人が自殺に関与したら罪になるってことなんだな」

「そっかぁ、自分で死ぬのは違法行為なんだ」ブンがようやく頷いています。

「それ、色んな人に伝えなきゃな。みーんな命は自分の持ち物だから、生きようが死のうが自分の勝手だって思ってるもんね」テルが幾度も頷いてそう言います。

「命は神聖なもので、たとえ自分の命といえども自分で死ねば殺人なのですよ」室井氏がため息混じりにそう言います。

「でも、その母子は何故死を選ぶことになったのでしょうね」マスターが呟くように言うと、

「それを話すには長くなっちゃうけど、ここから先は私が話した方がいいだろう」と室井氏がこう語り始めました。

＊

酷く不運で無器用な男がいた。

ここでは男の名を大山太郎としておく。太郎の母の名前は春江でいいだろう。一家は大阪にいた。

父は大阪の金融街で働いていたが、独立して金融業を始めようとして失敗し、多額の借金を背負い、家族に迷惑をかけないように母と離縁してからすぐに失踪した。太郎が七歳の時だった。

それから母子は東京に移り、太郎の母方の祖母が住んでいた所の近く、葛飾区立石のアパートに住んだ。

ここから母の涙ぐましい苦労が始まる。

春江はパチンコ屋の景品買いの手伝いと、本所《ほんじょ》界隈の料亭の仲居をしながら一所懸命に太郎を育てた。

中学生になった太郎は新聞配達をしながら母を助けた。中学を出て働くつもりだったが、母に懇願されて高校までは出た。高校を卒業した日、母は太郎の前で声を上げて泣いた。親として最低限の責任が果たせた、と。

太郎は、その後様々な職業を転々とする。決して続かないのではない。相手が、太郎のあまりの要領の悪さに彼を見限るのだ。

要領などというものは、時間が経てばどれほど悪くても呑み込むようになるものなのに、いつでも会社はせっかちだ。

二年勤めては解雇され、別の会社に二年勤めてはまた解雇された。それを繰り返すうちにあっという間に三十歳をとうに過ぎた。

もう選ぶ仕事がなくなったと思われた頃、人の好い知人の紹介で、足立区にある二百人の従業員を抱える建設土木の中小企業に、事務員として雇われた。雑用係といってよかった。収入は低いがここは彼を見限らなかったのでありがたかった。

そして入社して五年目の、ある冬の昼下がりのことだ。彼はプレハブ社屋の二階にいた。社長から午後二時に部屋に来るように言われたのを忘れていて、気づいた時には五分ほどその時刻を過ぎていた。

慌ててドアを開け、前も見ずに外に走り出たのが軽率だった。先輩の女子社員にぶつかった途端、彼女は階段を五段ほど転げ落ちた。

女性の怪我は酷かった。七針を縫う頭部裂傷の他、両腕の骨折と頸部のむち打ち症に加え、肋骨も二本、亀裂骨折していた。もしもそのまま一番下まで落ちていたら、彼女は死んでしまったかもしれない。

不幸中の幸いと思われたが、よほどその女性に嫌われていたのか、どれほど謝罪しても彼女は示談に応じず、太郎を告訴したのである。

結果、傷害罪にこそ問われなかったが、〝過失傷害罪〟として罰金刑が太郎に科され、太郎は控訴せず、刑は確定した。

＊

「それでも前科つく？」とテル。

「つくよ。刑事事件だから」と室井氏。

「酷え話じゃねえか先生、その時の裁判官だったのか？」テルがこめかみを震わせて室井氏に食ってかかる。

「いや、私じゃないよ。でもねえ、これはしょうがない」室井氏が冷静にそう答えます。

「何でしょうがねえの？　過失で怪我させただけでしょう」とテルはますます怒りが高まって収まらないようで。

「勿論過失さ。でも考えてごらん、たとえば自動車を運転していて、ついうっかり人にぶつかって怪我をさせたら、それはやはり業務上過失傷害になる」室井氏は実に穏やかにそう言います。

「まあ……それはそうだな」とブン。

「ついうっかりなら許せる？　うっかりで相手が死んじゃっても許せる？　ってことになるだろ？　法律ってのはね、そういうもんです。基本的には弱い者の味方じゃなきゃいけないんだ。どうあっても、この場合は怪我をさせられた方が弱い者なんです」室井氏、法律家らしいことを言います。

「でも先生、本当は強くて悪い奴が怪我させられて、本当は弱くていい奴を告訴することだってあるでしょうよ」とテル。

「あるさ」室井氏、痛そうな顔になって言います。

「裁判やっててさ、こいつは絶対に極悪人だ、だけどもこの件ではこいつを罪に出来ない、ってのは幾らだってある。逆にさ、この人は絶対に善人だがこれはアウトだな、ってこともしょっちゅうあったよ。法律ってそういうものなんだ」

一同その言葉にしょんぼりです。

「ストーカー被害とか、セクハラ犯罪の中には、もの凄く違和感覚えるのがあるじゃない？　なんか、嫌いだから告訴するっての、それに似てるなあ」ヘロシが悲しい声でそう言いました。

「そうですね。人の好き嫌いは外からは分かりませんからね」とマスターが口を開く。

「それに、あったことや、したことの証明は出来るかもしれませんが、なかったことや、しなかったことを証明するのは、とても難しいですからね」マスターは静かにそう言いました。

「本当に人が好いのについてない人って、あるよな」とブン。

「俺らも、知らず知らずに他人を傷つけて嫌われて憎まれてるかもしれないってことだしね」とヘロシ。

なるほど警察官の悩みが聞こえるようですな。

「逆もあるかもな。こっちが何かの誤解して腹立ててたり」とテルが言います。

「俺だったら人生立ち直れないよ」とブン。

「無理だよ、俺も」ヘロシが嘆息します。

一同がっかりしたように黙り込んでしまいました。

＊

母と子は追われるように立石のアパートを引き払い、昔暮らした大阪へ戻った。

大阪の町は不幸な者に温かだった。ここで二人は肩を寄せ合って細々と生きた。

元々太郎には大きな野心があるわけでもない。ともかく女手一つで自分を育ててくれた母に楽をさせてやりたい、という一念だけで生きてきたところがある。

定職に就けずとも、彼は懸命に生きた。ここでも二年勤めては解雇され、二年勤めては解雇された。

いつまでも生活は苦しく、ただただ生きるために働いた。

母は七十五になってもなお、働き続けた。あっという間に太郎は四十七歳になった。

それでとうとう一念発起した。

最後の一勝負、と決意し、アパートのすぐ近くのラーメン店に雇ってもらって、修業をはじめたのだ。歳を取りすぎた決意だが、将来自分でラーメン店を開いて独立しよう、という太郎の決意に、その店の若い店主は温かだった。

開店のためにおよそ幾ら必要かを教え、そのために何を学ばねばならないかを教えた。ラーメンに必要な食材の仕入れから出汁《だし》の仕込み、麺の仕入れ先と、親切な店主はこの、年上の風采の上がらぬ男を不憫に思ったのか、手取り足取り教えてくれた。

なかなかその手順も要領も呑み込めなかったが、無器用な太郎でも五年も我慢するうちに、どうやら形になった。

彼の人生の中で目標を持ったことも、それが見えてきたことも初めてだった。

歳を取ってようやく「希望」とは何か気づいた気がした。

少しばかりの蓄えも出来、これならば生きていけそうだという自信が生まれ始めた頃、二人の暮らす古いアパートが焼けた。

太郎が勤めているラーメン店の失火からだった。あっという間にアパートに延焼し、全焼した。

太郎は母を担いで逃げるだけで精一杯だった。

コツコツ貯めたささやかな蓄えから、衣服から電化製品から家具に到るまで、全ては灰燼《かいじん》に帰した。ラーメン店の店主も失踪した。

この時、太郎五十二歳、母は八十歳である。

太郎はひどく悲しかったが、落ち着いてみれば、元より失うものはない、とどこかで諦めている。母と二人どうにか生きていければそれでいいのだ。

ただ、自分のことより母の落胆の方が辛かった。父のこと、次に一人息子の自分のこと。母から見れば夫は自己破産して失踪した、息子も前科者になって逃げた。ようやく目標が見つかった時、火事で全てを失くした。

少しばかりいいことが起きそうになると、決まって悲しいことが待ち構えている。母の人生はこうして何遍がっかりしなくてはならないのだろうか、と思うだけで涙が出る。

それでもまだどうにかなる、と太郎は自分に言い聞かせた。

「運を恨んではいけない」と母はいつも言った。「運には感謝しか、してはいけない。運とはそういうもの」と。

そう思って生きることに太郎は疲れ始めたけれども、母は黙々と淡々と日々を生きた。境遇を恨むでもなく、日々の苦労を嘆くでもない。愚直と思えるほど毎日を感謝しながら生きているのだ。朝起きたことに感謝をし、夜眠ることに感謝をした。

こんな気高い母を尊敬したし、これほど苦しい生活をさせることに太郎はそろそろ草臥れてきたが、不幸は続いた。母が大怪我をした。

焼け出されて取り敢えず見つけたのは、二階の部屋しか空いていない古いアパートだった。母のことを思えば階段が嫌だった。

太郎が次の仕事を探していた時、嫌な予感は当たった。母が階段から落ちたのだ。

運び込まれた一番近い病院で診察した若い医師から、左足の大腿骨頸部骨折、それから右足大腿骨にも亀裂骨折が見られる、と告げられた。そして四十八時間以内に手術をする、とも。

保険も蓄えもなかったので、この医療費をどうすればいいのかと、太郎は途方に暮れた。親切そうな年配の事務員にそのことを告げると、カンファレンス・ルームへ案内された。その人はお茶まで出してくれて太郎を落ち着かせてから、自分はソーシャルワーカーの横《よこ》田《た》恒夫《つねお》です、と名乗った後で、まず最初に「心配要りませんよ」と言った。

「日本には『無料低額診療事業』というのがあるんですわ」

「はい？」

「ホームレスさんとか低所得で困ってはる人のための制度です。お国の方でホンマに生活に困ってはる人や、と分かったら、面倒見てくれるんです。ウチの病院は『無料低額診療事業所』やから、あとで書類は作ってもらいますけど、お金の心配は要りませんよ」

涙がこぼれてきた。地獄で仏とはこのことだと思った。

「そんな制度があるんですか」

「まずは治療。その後でお金の相談。お金のない人は国の方で面倒見ましょう、ゆうてくれてます」

横田は明るく言った。

「この制度はね、外国の人にも適用されるんですわ。まあ、色々と腹立つことも多い国やけども、まあまあ、日本国も時々ええとこありますねえ」

そうしてカラカラと笑った。

＊

「そんな制度があるの？」とテル。

「え？　何ていう制度？」とブン。

「厚生労働省の『無料低額診療事業』っていうんだよ。私も知らなかったんだけどね。この事業所として登録すると、無料低額診療を扱う数によって税制の優遇とかあるらしい、国もなかなかやるよな」室井氏がやっと笑顔を見せます。

「おめえ、またスマホに聞くつもりだな？」とヘロシ。

「うん、あったあった、無料低額診療事業所ってこの近くにもあるぜ」ブンがスマホをかざしております。

「そうやってなんでもかんでもすぐにスマホに聞いて、その場限りで忘れっちまうから、おめえのバカは治らねえんだ」

テルが吐き捨てるように言っております。幼なじみってのは遠慮がありませんな。

「でもそりゃ素晴らしい制度だな。アメリカの新しい大統領に聞かせてやりてえぜ、ざまあみやがれ」とテル。

「いやあ、今日の話で初めて嬉しい話だな」とヘロシ。

「だからさ、みんな遠慮しないで病院に行けばいいのさ」室井氏がそう言います。「行ってから相談、で、この国は何とかなるってことだよ。思えばいい国だな」

「だからってさ、こういうの、必ず悪用するのが出てくるから、やってあげるのが嫌になってくるんだよな」とブン。

「おお、分かってるな。いいこと言うじゃねえか」とヘロシ。

「ああ、バカの割にはな」とテル。

ようやくみんなが笑いました。

「それにしてもその、太郎？　ついてない人だねえ」とブン。

「もう、聞いてられないよ、俺は」とヘロシ。

「そういう人生もあるってことだよ」

室井氏の話は続きます。

＊

母は車椅子生活を余儀なくされた。

太郎は母の面倒も見なくてはならなくなったので、仕事も限られた。

近くのスーパーマーケットでパートの仕事が見つかったので、そこで働くことにした。周りは親切で、食べ物の心配や母親の心配までしてくれる人が多く、太郎の心は少しばかり明るくなった。

秋のある日、松茸が店頭に出た。母に食べさせたいと思ったが、金銭的な余裕はなかった。

仕事を終えて事務所で挨拶をして、倉庫伝いに裏口から帰ろうとした時、裏の出入り口に松茸のパックが積んであるのを見かけた。

出来心というのは、まさかという時に現れる。

一パックを持ち上げて匂いをかぐうちに、母は一体何年、松茸なんか食べていないだろうか、と思った。

次の瞬間、いつも提げているナップザックの口を開け、一パックをそこに放り込んだ。

「それはあかん」後ろで店長の声がした。みんなが集まってきた。

「それ、出しなはれ。あんたが今盗ったもんや」

冷たい声だった。「すんません」と言うのがやっとだった。

店長は松茸のパックをひったくると、「がっかりやな。みんな応援してたんやで」と言い、それから「もう来んといてや」と言った。

「すんません。すんません」

太郎は幾度も小声でそう言って幾度もぺこぺことお辞儀をして、店を後にした。警察に突き出されないだけでも、ありがたいと思った。

帰ってからそれを母に正直に話した。母は太郎を責めもせず、ただぽろぽろと涙をこぼし、「じゃあもう、ここにはいられないねえ」と言った。

所持金は全部で五万円。二人で新幹線に乗って東京へ戻ることにした。

病院の横田さんが探して無償でくれた古い車椅子がありがたかった。折りたたんでシートの脇に置いた。

母はずっと窓の外を眺めていた。その肩が小さかった。

太郎はトイレへ行き、声を出して独り泣いた。

座席に戻ると、母が小声で言った。「あんたも、もう疲れたでしょう?」と。

「何が?」

「私はあんたが不憫でならないのよ」

「不憫？」

「私の面倒見ながらこれからも苦労しながら暮らすのかと思うとね、涙が出てくるんだよ」

母はそっと泣いた。

「あんたは優しくていい子なのに、ホントに運が悪かったから」

遠くを見ながらこぼれる涙を拭いもせずに呟くように言った。

「結婚もせず、働いて働いて働いて……私が死ねば少しは楽になると思ってね」

「何言ってるんだ、お母さんのために俺は生きてるんだよ」

「それが申し訳ないのよ。お聞きなさい。普通はもっと若くに、親から離れて自分の幸せのために生きるものなのよ。なのにあんたは、ずーーーっと私のために苦労して働いて。しかも損ばっかりして。あんたは要領が悪いんでも無器用なんでもないのよ。私の悪運があんたの運を悪くしてるのよ。お父さんだって私と結婚しなけりゃ、あんな酷い目に遭ってないのよ」

運には感謝しかしてはいけないと言っていた母の心が、とうとう折れてしまったのだろうか。

「バカなことを言うなよ。俺、頑張るからさ」

「もう頑張んなくてもいいよ」

母はそう言ってまた、はらはらと泣き続けた。

東京に着いて、取り敢えず安い宿を探した。浅草界隈にはまだ木賃宿のような名残の安宿が残っている。素泊まり二泊分で一人四千円。古いが小綺麗にしてある宿だった。

手元に残ったお金はまだ一万数千円あるが、これから先のことを思うと、途方に暮れた。

夜になって、母の寝顔を見ていると情けなくて涙が出る。

太郎は母が大好きだった。どんな時にも自分を責めず、いつも子どものために生きた。優しく、温かく、まさに太郎にとって母は菩薩だった。

その母を幸福に出来ない自分がいつも悲しかった。

かといってこれからこの母を連れてどこへ行き、どう働けというのだろう。

生活をする、というだけなら肉体労働だって出来なくはないが、仕事にあぶれている人の多い中で若い者の仕事を奪うだけの力もない。

その晩は、横になっても目が冴えて寝られなかった。来し方を振り返れば、誠に酷い人生であったと思う。

母はあれほど苦労をして自分を育てたにもかかわらず、その苦労は少しも報われなかった。八十五歳で、しかももう自力で歩くことは出来ないだろう。

自分の何がいけなかったのだろうかと思うと、全てがいけなかったのだ、と思う。

要領も悪く、無器用で、人に怪我をさせて、逃げて逃げて、最後は泥棒にまで落ちた。酷い悪事を働いたわけでもなく、人を傷つけてきたつもりもない、だが、自分は仕事にも、仕事場にも、人にも愛されなかった欠陥人間だ、と思う。

母の産んだ子どもが、もっと仕事が出来、要領よく、器用で、愛想も良く、能力があって、人に好かれるような人物であったなら、母はどれほど幸せに生きられたであろうか。

そう考えた時、己の情けなさに涙が止まらなかった。

もし万が一自分が先に死ぬようなことになれば、母はすぐに後を追うに違いない。

母にとって自分は生き甲斐であり、自分にとっても母は生き甲斐なのである。

いよいよ万策尽きた。

＊

テルがぽろりと涙をこぼした。

「そりゃねえよ、先生」

ブンもヘロシも、ケンタローなど既に泣きじゃくっている。

「ケンタローが見つけたのはその親子だったんだな」とヘロシ。

「そうなんっす。その時は夢中だったけど、後んなって、この息子さんの方が気になって気になってね」とケンタロー、涙を拭いながら訥々と言う。「だから俺……その息子さんの裁判……ずっと傍聴してた。……あんまり切なかったんで……」

「ちょっと待て、その太郎は裁判にかけられたのか？」とテル。

「そりゃそうだよ、結果的にはその……お母さんを手にかけたわけだからね」室井氏がそう言います。

「そっか、自殺幇助罪か」とヘロシ。

「あ、そうか。自殺も罪だから、手伝えば罪って聞いたっけね」とブンが呟く。

「そっか、太郎が自白したんだっけね」とヘロシ。

「水元公園まで、どうやって来たのかね」とブン。

「金町まで京成線で行きました」

その時、不意に菊地氏が口を開いた。

「え？」テルが絞るような、ぎょっとした声を出す。

「それ、私なんです」と菊地氏が言う。

ブンもヘロシも一瞬互いの顔を見合わせて、それから押し黙って菊地氏を見た。

「朝起きて、母の車椅子を押しながら浅草界隈を歩き、浅草演芸ホールに入りました。不思議ですね、今から死のうと思っているのに寄席に行くのですから……」

　菊地太郎はこんな話をした。

＊

　浅草今半で二人ですき焼きを食べて、京成線に乗って立石へ出た。前に暮らしていたアパートを訪ねると、そこはコイン・パーキングになっていた。少しがっかりしたが、却ってサバサバした気もする。

　柴又へ行き、帝釈様にお参りをして、参道の店先で草団子を食べた。

　午後三時過ぎに金町駅から水元公園に向かった。

　水元公園の端っこで大場川の水を眺めていたら、不意に母が言った。「ああ、これで思い残すことはないよ」と。

　それから母は振り返って聞いた。

「あんた、ちゃんと死ねるかい？」

　母は全部分かっていた。

「ごめんね、お母さん、ごめん」

「最後に楽しい一日をありがとうね。お前は本当にいい子だよ」

二人は森の中へ入った。すると母が思いがけないことを言った。

「あんた、その紐を貸してごらん。きっとあんたは上手に死ねないだろうから、私があんたを死なせてあげるからね」

母は太郎が持つ紐を手に取り、太郎の首に巻いた。

「自分が産んだ子どもを手にかけるなんて、人間のすることじゃないね。でも私にはあんたを産んだ責任があるからね」

母は太郎の首に巻いた紐を両手に持ち、全身の力を込めた。

しかし老いた母の手には人を死なせるだけの力はなかった。これでは自分が死ねるはずがない。太郎は先に母を殺して自分は後で死のうと思ったが、母はそれを拒絶した。

「可愛い息子に母殺しはさせられない」

車椅子の車輪のスポークに紐の片方を結びつけ、首に巻いてもう片方を太郎に頼んで木の枝に結びつけた。そうして自分で真後ろにひっくり返って首を吊って死ぬつもりだった。

母の死ぬのを見ていられず、太郎は少し離れたところの木に太い枝を見つけて、自分が死ぬための紐をそこに掛けた。

その時ばしゃん、と車椅子の倒れる音がして、母がゆっくりと横に倒れるのが見えた。慌てて駆け寄ると、母は完全に気を失ってはいたが、まだ息があった。

事ここに到り決心した。太郎は母の首に巻かれた紐を強く引いた。

それでも苦しそうに喘いだので、夢中になって直接手で母の首を絞めた。

母が呼吸をしなくなったのを確認してから、太郎は先ほどの木に戻り、結びつけた紐に首を掛けた。

枝が折れて自分は死にきれなかったと気づいたのは、三日後だった。

警官が来て事情聴取をされ、母を殺した、と告げた。

それからはあっという間だった。

今ならば裁判員裁判になるが、当時は違った。一審で懲役三年、執行猶予五年という判決が出たが、控訴され、二審で懲役三年の実刑判決が出た。

粛々と刑務所に入り、毎日念仏を唱えながら、ここを出たら今度こそ死のう、母の元へ行こう、と思っていた。

そんなある日、茂木健太郎から手紙が来た。

「水元公園での第一発見者の茂木です。ずっと裁判を傍聴していました」という書き出しだった。

茂木は、もしかして自分は余計なことをしたのではないかという思いを捨てきれずにいる、と書いた。あそこで自分が見つけなければあなたはそのまま死ぬことが出来て、犯罪者にならずに済んだのかもしれないと思うことがある、と。

二人の文通が始まった。

そうしたらある時、太郎から、死にたいという思いが消えた。死んではいけないような気がした。

そして二年目の仮出所の日、驚いたことに茂木と室井の二人が迎えてくれたのである。

しかも、仕事先まで見つけて待っていてくれたのだ。

春の終わりの日差しの暖かな日だった。

太郎は道路にしゃがみ込んで泣いた。

生まれて初めて「生きよう」と心から思った。

*

「ケンタロー、おめえ、立派だよ」とテルが言った。

「うん、見直した」とヘロシ。

「先生が一審の裁判官だったの？」とブン。

「いや僕は当時高裁判事、つまり二審だ」

「あ、そりゃ、酷えな」テルが本気で不愉快な顔をします。

「一審で懲役三年、五年の執行猶予で、控訴されて罪が重くなるの？」とブン。

「うん。法律上そうなる」室井氏はすました顔で言います。

一同が押し黙ってしまいました。

「もう少し情のある人かな、と思ったのにな」とむっとした顔で、テルが吐き捨てるように言います。

ブンがそっと菊地氏を振り返ってから言った。「人生何も救われないじゃないの」と。

「いえ、それは……違うと思いますよ」マスターが静かに言った。

「生意気なことを言ってもいいですか？　私は……もしもその時執行猶予がついていたら、菊地さんは今度こそちゃんと自殺したと思います」

「あ」テルが水を浴びたような顔になります。

「そうなんです」菊地氏が大きく頷いて口を開きました。

「私、一審で執行猶予がついた瞬間、これですぐに死ねる、と思いました。でも検察に即控訴され、二審で懲役三年の実刑判決が出た時、正直……室井先生を恨みました。でも、簡単に死ぬことも出来ない刑務所の中で茂木さんと文通しているうちに思い直したんです。あ、これは母が室井先生を通して私にもう一度生き直しなさい、と言っているのだ、と」

「いやいや、そんなに格好いい話じゃねえんだよ」室井氏が赤くなって首を振ります。

「でも、迎えに行ったんでしょ？　刑務所まで」とヘロシ。

「うん、まあ……茂木君に誘われたからね」と室井氏。

「先生、照れ屋だから。だって……菊地さんの、今の就職先を探してくれたのは室井先生なんですから」とケンタロー。

「そうだったんだ……」ブンが言葉を呑みます。

「ええ」

菊地氏が、満面に笑みを浮かべてこう言いました。

「今、何人ものおばあちゃまの担当をさせていただいていますと、母と暮らしている気がするんです。だからきっと母は許してくれていると思う」

ボオン、ボオン、と柱時計が十一時を打ちました。

今宵もそろそろお開きのようで。

「私、今やっと母親孝行しています。先生、私、生きていてよかった」

菊地氏の言葉を聞きながら、にっこり笑った室井氏が、「もう少し飲むか」ぽん、とテルの肩を叩いた。

まさかのお恵始末

『小さな幸せ』

世情というものは、決してこの国の「景気」や「気分」だけで決まるような単純なものではないようでございますな。

どこぞの国のミサイルがいつでもこの国に落ちてくるという、その「まさか」の中に潜む恐怖のようなものや、なんだかんだ言っても米国はいつでも裏切ってくるぞという、これまた「まさか」の奥に見え隠れする不安のようなものがない交ぜになりまして、こう、薄ら寒ーいストレスのようにこの……あたかも遊園地の中で暮らしているかのような私達に「外は嵐だぞ」と囁いておりますようで。

おっと大層生意気な口上、まことにお恥ずかしきこと御免蒙《こうむ》りまして、おなじみの小さな居酒屋のお噂でございます。

新キャベツが美味しい春たけなわでございまして、「銀河食堂」のカウンターは柔らかな淡緑が目に優しうございます。

そろそろ鰹の季節でございます。いいのが入りますと、流行りの塩叩きでも自家製の土佐醤油でもいただけます。

また瀬戸内の鰆《さわら》が旬でございます。活きのいい鰆がお刺身でもいただけるというのが、銀河食堂の不思議で有り難いところでございます。

今日は姿を見せませんでしたお母さんの得意ないつもの料理、雪花菜にきんぴらは勿論ですが、鶏と椎茸、サヤエンドウに蕗《ふき》に筍などを炒ったもの、頼みさえすればコシアブラ、アシタバ、タラの芽の天ぷらなども当たり前のように出てくるという。ま、どの料理も美味しい上にウィスキーからワイン、日本酒、焼酎、ホッピーに到るまで大概のお酒が揃っておりますす。これでリーズナブルなお値段というのはまことに「神って」おります。

また口数の多くない、かといって愛想がないわけではない、実にこの、押し引きと言いますか、出し入れと申しますか、お客の機微に見事に添ってなおかつダンディというマスターの魅力に惹かれまして、四つ木銀座の密かな人気店です。

と申し上げましても、かといって人がワイワイ押しかけてお店の空気が荒れるようなことはございませんで、あたかも時間指定で予約されたかのようにお客様がするすると入れ替わるのが絶妙で、「何か魔法でも使っているかのような」というのは、常連のブンの言葉でございます。

さてそのブンことコンピュータ管理会社のメンテナンスを担当していますは菅原文郎が入り口近くのカウンター席に腰掛けて、珍しく不機嫌そうに塩叩きの鰹を肴に手酌で日本酒を飲んでいますが、時折眉を顰めて奥の方にチラチラと視線を送っております。

その視線の先に、なんと言いますか、このお店に不似合いな、とでも申しましょうか、まあ、どこにいても不似合いかもしれないような一組のカップルがカウンターに寄り添いまして、実にこの仲睦まじくしております。

何が不似合いかと申しますと、その形《なり》でございます。

おそらく三十歳前後と見受けられます男性の方は、なんと髪をショッキングピンクに染めております。いえ、ピンクに染めていようが緑に染めていようが、そんなことでブンが驚くはずはないので。そのピンクの髪の根元の辺りが、既に三センチほど染める前の地の黒髪に戻っているのです。ブンの心の声に耳を傾けますと、「そろそろちゃんと染めろよ」てなものでございましょうか。

両の耳にはギターを模した金色のピアスをして、首回りには五本ほどの金地のネックレスをちゃらちゃらといわせております。眉は入れ墨のようでして、あたかも暴力団の準構成員といった趣なのでございます。

また女性の方でございますが小柄の肉感的な体格で、これまたブンなら「そろそろちゃんと染めろよ」と言いたくなるような根元の黒い中途半端な金髪の、あたかもさっき自分で切った、といった塩梅のざんばらな短髪姿です。

またこれがまさに「首輪」とでも呼びたいほどの、余り上品でないネックレスを何本も首に巻いておりますま。化粧は薄く、ただ真っ赤な口紅ばかりが目立ちます。

ま、確かにブンが眉を顰めるのも分かるような、異様なカップルに見受けられますな。

一方マスターはといいますと、ブンに肴と酒を出しましたらむしろブンをほったらかしにしてそちらの二人と話し込んでおりまして、そのこともブンを不愉快にさせているのかもしれません。

やがて名代十割蕎麦、「吉田庵」のテルがやってきましたから時間でいえば夜の九時を少し回ったところ、と思ったらおやおやまだ八時になる前でございます。

「お、早《はえ》えなあ、今夜は」

「店休んだ」

「あ、そ?」

「なんだい? 機嫌悪いな。マスター、俺はいきなりワインね」

「お帰りなさい。今日はお早いですね」

「休業にしたんだ」

「ああ、そうでしたね。お店閉まってました」

「分かった？」

「お昼にお蕎麦頂戴しようと思ってお店覗いてみたんです」とマスターが言う。

「ごめんね」

ブンは、嬉しそうにワイングラスを抱えたテルに顎をしゃくって奥の二人を指し、小声で囁きます。

「見てるだけで酒がまずくなるようなアベックだろ」

「今アベックなんて言うと笑われるぜ」

「何てんだ？」

「カップル、だろが」

「ああ、そうか、バカップルってやつだな」

「それでも見ろよ、あれで惚れあってるようじゃねえか」

「け。ベチャベチャしやがって気持ち悪いぜ」

「まあまあ、そう言うな。人には人の幸せあり、だよ。大きな人生なんてないのさ。ただ小さな幸せがあるだけだぜ」

「なんだよう、テル、おめえ、妙に哲学的なこと言うじゃねえかよ」

「今日はよ、研修会行ってきたんだ。奈良の神社の偉い神主さんの講話を聞いてきたところだ。哲学的にもなるじゃねえか」

「へえ？　研修会ねえ」

「面白かったよ、今日一日で俺は進化したね。おめえさ、神社でお参りする時、自分が何に手を合わせてるかなんて考えたこと、ねえだろ」

「神様だろがよ」

「まあ、君の脳の程度はそんなものだろうねえ」

「なんだよう？　妙に格好付けるじゃねえか、じゃ、何を拝んでるってんだよ」

「俺ぁ今日色々教わって進化したんだよ」

「だから説明してみろってんだよ」

「それがよ、感動して、理解したはずなのに説明できねえ」

「相手がバカだと、偉い人の話でも無駄だねえ。糠《ぬか》に釘、豚に真珠、てんだよ」

テルが声を出して笑います。

「ちげえねえ。暖簾《のれん》に腕押し、猫に小判、だな」

そこへ、もうすっかり常連になりました保険会社のＯＬ達、縮れっ毛で背の高い橋本恵子と小柄で黒目の大きな飯島さおりに加え、少し前からメンバーに加わった柳《やな》井《い》麻絢という、これまた様子のいいお嬢さんが入ってまいりまして、「先輩」のテルとブンに挨拶をして二人の隣に並んで座ります。

「ゴールデンウィークの話してたんですよ」と恵子。

「今年の話？　なんでえ、今頃してたんじゃ遅いって」とブン。

「いえいえ、もう決めてるんですぅ」とさおり。

「海外かい？」

「いいえ、都内の温泉巡りデース」恵子がそう言います。

「都内の温泉？」

首を捻るブンへさおりが答えます。

「ほら、今、あっちこっちにそういう温泉施設が建ってるじゃないですかぁ？」

「ああ、前の都知事が家族で行って会議したような？」とブン。

「あれは千葉でしょう？」と恵子。

「ああ、江戸前温泉とかってヤツか？」とテル。

「テルさん、それ、大江戸でしょ？」と吹き出すさおり。

「ああ、そうか江戸前じゃぁ寿司屋だな」テルも笑います。

「そりゃいいアイデアだな。ああいう所って泊まったり出来るんだろ？」とブン。

「そうです。ご一緒しませんか？」と恵子。

「ああ、残念だなあ。俺、九州出張だよ」と真顔のブン。

「その気になってやがら、リップサービスだよ、バァカ。だーれがおめえみてえなの誘うかよ」テルが大笑いしています。

「いえいえ、本気ですよ。ああいう所って、案外遊園地より盛り上がれるんですよ大人は」とさおり。

「そうかあ、じゃ、俺も一緒に行くか」とテル。

「行きましょうよ！」さおりが目を輝かせると、「九州誰かに代わってもらおっかなぁ」ブンったらその気になっております。

「誘ってくれてありがとね。一気に気分が良くなった」とブン。

「気分が悪かったんですか？」と麻絢。

「チョイと腹が立つことがあってね……」

「そのようですね」マスターが慰めるようにブンの前に雪花菜の載った皿を置いて、娘達の注文を聞いております。

奥の二人は、他人のことには全く興味がないようでございます。

こういう感じの人が増えてまいりました。もう、二人だけの世界というヤツで、自分達以外に何の興味もないという……。人に不愉快な思いをさせぬよう、とか、その場の雰囲気を壊さぬよう、などという心遣いとは無縁な方々があります。

おっと、ようやく二人の世界がほどけましたようで、奥のカップルがマスターを呼んで会計を済ませて立ち上がります。

二人は手を繋ぎ、仲の良いところを見せつけながら、恵子、さおり、麻絢の後ろを抜け、ブン、テルの背中を通ってドアまで行き、マスターに挨拶をすると、何気なく保険会社女子達と目が合います。

「きゃ!!」カップルの女性の方が目を丸くして短く叫びます。「あ!」と叫んでいるのは背の高い恵子です。

「恵子姉さん!?」

「雅美《まさみ》ちゃん!?」

「きゃあ、恵子姉さん!!」

「雅美ちゃん、すっかり元気になって!」

二人は抱き合ってその場で泣き出しました。

「あ!」男の方が叫んで思わず直立不動になって、「相原《あいはら》です! あ……こんな格好ですみません」と叫ぶなり、ぽろぽろと涙をこぼし始めました。

不審がる周りの視線に気づいた恵子が慌てて涙を拭いながら、「あ、ちょっと出てくるね。すぐ戻るからね」と言いました。

「う、うん」さおりが頷くと、恵子はカップルを促しながら出ていってしまいました。

「恵子姉さん、って呼んでたな」とテル。

「こんな格好ですみませんって言ってましたね」とさおり。

「知らない人？」とブン。

「私は知りません」とさおり。

「予想外の展開、ですね」と麻絢。

「確かに予想外」とブン。

カップルが座っていたカウンターの食器を片付けながら振り返ったマスターが、「美味しいものでも作りましょうか」と言った。

それから一時間以上経って、ようやく恵子が戻ってきます。

「知り合いなんですか？」

「どういう関係ですか？」

「恵子ちゃんがあのバカップルと友達とは思わなかったね」とブン。

驚いた顔でみんなが一斉に訊く。

一気にホッピーを呷って気を落ち着かせた恵子は、大きく深呼吸をしたかと思うと、こんな話をした。

*

高校三年生だった橋本恵子が愛犬の散歩をさせている途中、木根川橋辺りの荒川放水路の土手で偶然怪しい人影を見たのは、十一月の終わり頃の多分四時過ぎだったろう。

女性の短い叫び声が聞こえたので、不審に思って目を凝らすと、数人の人物が荒川放水路の土手の上から不規則な動きで川縁へ下りてゆくのが見えた。

穏やかではない気配がした。腕に覚えはあったが、不意のことにやはり心臓が高鳴る。

咄嗟《とっさ》に犬の紐をガードレールに結び、恵子は走り寄って、「そこ、何やってんの！」と叫んだ。

見ると、男の一人が小柄な女性を羽交い締めにし、もう一人が手で彼女の口を塞いでいる。

こいつらは悪い奴だ。恵子は腹をくくった。

「ちょっと、何してんの」恵子がそう叫ぶと、「お、威勢がいいな姉ちゃん」もう一人の男がそう言いながらゆらゆらと近づいてきた。「その子もやっちゃうか」そう言うのが聞こえた。

男のニヤニヤと笑う歪んだ口元が、薄暗がりの中ではっきりと見えた。

道場からは私闘を禁じられているが、ここは正義優先だろう。それでも心臓が早鐘を打つ。

「人を呼ぶわよ」恵子が言うと、「いいねえ、呼んでみろよ。だーれも来ねえよ」男がそう言い放ち、近づいてきて肩を掴むように手をかけた。

恵子は身体をよじるように振り払うなり、回転しつつ裏拳で男のこめかみを打った。打たれた男は何か叫びながらその場に昏倒した。

こいつらなら、いける。恵子の勇気は増した。

「てめえ！」激昂したその男は立ち上がって拳を振り回したが、大した速さじゃない、と感じた。

恵子は左の肘辺りで男の右の拳を払いながら、掌底で鳩尾《みぞおち》を突いた。うっと呻いて顎を出した男の股間を一気に蹴りあげた。

「ぎゃっ」男は悶絶した。

「この野郎」思いがけない恵子の動きに驚いて、女の子を押さえていた二人の男が恵子に飛びかかってきた。

恵子は片方の男の顔に頭突きを食らわせておいて、もう一人の男に飛びかかり膝で男の股間を蹴り上げた。

これまた悶絶する男を横目で見ながら女の子の手を引いて走った。

「おい、どうした、おら！」

土手の上で別の数人の男の声がした。振り向くと三人の男が立っている。

「その女ヤベえから気をつけろよ！」

先ほどの男達が呻くように叫んでいる。

「なんだ？　女？」

屈強そうな男が三人バラバラと恵子達を取り囲んだ。下からは、よたよたしながらだが、怒りに駆られた男達三人がそれでも懸命に上ってくる。

「あっちゃ」

男六人に囲まれたら、もういけない。思い上がったかな？

恵子はそこで一度は諦めた。

＊

「それって？　恵子先輩、その子、乱暴されるところだったんですか？」と麻絢。

「多分ね。その頃はこの辺り、悪いのが結構いたのよ」と恵子。

「どうでもいいけど、強いね恵子ちゃん！」ブンが目を丸くしております。

「そんな風に見えないでしょう？　恵子先輩」と麻絢。

「ですから恵子ったら高校の頃は『まさかのお恵』って呼ばれた女番長だったのよね」とさおり。

「げ、なるほどまさか、だよな」とブン。

「空手三段には見えないですもんね」と麻絢。

「三段か！　強《つえ》えわけだ」とテル。

「今は四段」とさおり。

「本来空手の精神からいえば、喧嘩絶対禁止だから破門覚悟で」と恵子。

「じゃ、男相手でも六人ぐらい行けるんじゃないの？」とテル。

「いえ、当時は初段。実は私にはハードル高すぎました」と澄ました顔で恵子が笑いました。

「ええ、俺、その続き聞くの怖い」とテル。

「ああ、俺がそこにいりゃあな」とブン。

「ブンさん、腕に自信があるんですか？」とさおり。

「いや、一緒に謝ってあげたのに」

「なあんだ」

一同爆笑です。

「勇気がありますね」とマスターがそれぞれに飲み物を差し出してから、恵子に声をかけま
「いや、マスター、勇気があるとかないとかじゃなくて、恵子ちゃんのピンチだよ。心配じゃないの？」とブン。

「全然」

「え？　だって男六人に囲まれたんだよ」とテル。

「腕に覚えのある男でも六人相手はヤバいよな」とブン。

「ああ、もうリンチだな」とテル。

「そりゃ、心配ですけれども、恵子さんの雰囲気を見ていますと何となく大丈夫な気がしますね」マスターがそう言います。

「え？　どんな雰囲気なんですか？　マスター」と恵子。

「……大丈夫な……雰囲気です」マスターが澄まして言います。

「分かるー。大丈夫な雰囲気ぃ」さおりが思わず吹いております。

「どういう意味よ！」恵子が睨み付けると、「何か安心するんですよね、恵子先輩といる

と」と麻絢。

「そうそう、自動的なバリアっていうかぁ……」とさおり。

「自動的なバリアって何だよ」テルがつられて吹き出します。

「だから、どうなったんだよ、その後よ。男六人だぜ」ブンだけが一人ハラハラしております。

「だから、さすがに私も駄目だなって、一旦は諦めたんですよ」

「諦めんじゃねえよ」とブン。

どっとみんなが笑いました。

またホッピーを一口飲んで、恵子の話は続きます。

＊

六人の男に囲まれて覚悟を決めたその時だった。「ひいい」と絹を裂くような声を上げて、突然誰かが男達に躍りかかった。

暗闇に眼を凝らすと小柄な男が、叫び声を上げながら何か棒のような物を振りまわしている。

「てめえこの野郎」六人の男ははじめ余裕を見せていたが、しゃにむに振り回される棒に打たれて次々に倒れた。

「ぎゃっ」

「うわっ」

そのうちの数人がひっくり返るのを見てしまうと、先ほど恵子に股間を蹴り上げられた二人はすっかり戦意喪失だ。

その隙を逃さず「こっちこい、急げ」躍り込んできたその男は、女性二人を急かして土手の上に導いた。

救われた。

突然現れたその男は、まさにあわや、というピンチに颯爽と現れたヒーローだった。

急かされながら木根川橋の上まで来た時、恵子は土手のガードレールに愛犬を繋いでいたことを今更思い出した。

可哀想に、何故今まで思い出さなかったのかしら。

それで自分も相当動転していたのだ、と気づいた。慌てて戻りかかるとその男が引き留めた。

「バカ、どこ行くんだよ」

「犬を繋いだまんまなの！」恵子が叫ぶと、男は一瞬言葉を呑んだがすぐに、「分かった。

とにかく駅前まで走れ！　交番の前で待ってろ。なんかあったら交番に飛び込め」そう叫ぶなり、一人で引き返していった。

「わお、格好いいじゃん！」

恵子は思わずそう呟いた。

それから救い出した女の子の手を引き、京成四ツ木駅まで走って、交番の近くにうずくまるようにして男を待った。

あの連中が追ってきたらすぐに交番に駆け込むつもりだった。するとほどなく、先ほどのヒーローが愛犬の手綱を握って走ってきた。

「こいつで間違いねえか？」息を弾ませながら男がそう言った。足下で愛犬が嬉しそうに尻尾を振っている。

「秀《ひで》ちゃん！」

女の子は男を見るなり、しがみついて泣き始めた。

え、知り合いだったんだ。じゃあなんでもっと早く出てこないのよ、ヒーロー。

恵子は首を捻った。

それにしてもどちらも子どもに見える。女の子はどう見ても中学生くらいだし、男の方もおそらく高校三年生の恵子とそう年は違わないはずだ。

この二人はどういう仲で、一体あの時、二人に何があり、どうしてああいう連中に追い回されていて、しかも男は何故あのタイミングで現れたのだろうか。

胸の内に疑問は湧いたが、ひとまず男の子に「ありがとうございます」と礼を言った。すると「いやぁ、礼を言うのは俺の方だ」男は初めて笑って、「あんた、強ぇな」と言った。

ようやく明るいところで男の顔をまじまじと見たら、それはそれは酷い姿だった。唇は切れて血がこびりつき、顔のあちこちに殴られた痕があって膨れあがり、内出血もある。

なるほど、と腑に落ちた。二人が一緒にいるところをあの連中に襲われたのだろう。

「あなたも、酷くやられたわね」恵子が言うと、「あんたのお蔭で、こいつ、助かったわ、ありがと」と言った。

少女は震えながら涙が止まらない。

交番から巡査が現れてこちらに近づいてきたのを見ると、「ヤベ」男は慌てて少女の手を引いて走り出し、あっという間に姿を消した。

「どうしたの？」巡査は訝しげに恵子に尋ねた。

「そこの、荒川の土手に女の子に乱暴しようとした男達がいます。すぐに捕まえてくださ い」と叫んだ。

「え？」巡査の顔色が変わった。「で？　さっきの子は？」

「被害者です!!　急いでください！　まだいるはずだから」

「あ、そう！」巡査が肩の無線機で緊張気味に誰かと話しながら交番に入っていくのを見送ると、恵子は踵《きびす》を返し、さっさと家に帰った。

帰る時に遠くで何台ものパトカーのサイレンが聞こえた。

帰宅していた父にざっと事情を話すと、「うん。よくやった」真顔で頷いてすぐにコートを羽織ってサンダルをつっかけると交番へ出掛けてゆき、二時間ほどして帰ってきた。

「いやいやいやいやいや、恵子、酷いもんだったな、ありゃ」

「何が？」

「何がじゃないよ、やられた奴らのことさ」

「何が酷かったの？」

「二人は逃げたとかで四人が連れてこられてたんだけどな、一人は膝を割られ、一人は脛《すね》を折られて、一人は足首の骨折、一人は胸骨骨折だ。ヒイヒイ呻きながら調書取られてた。悪い奴だからいい気味だと思おうとしたが、さすがに気の毒に思いながら帰ってきたよ」と笑った。

「私のことは？」

「ああ。聞かれたよ。それで、婦女暴行未遂の目撃者だが、高校生なので男達に顔を見られたくないから、親が代わりに来たって言った。向こうも目撃者の話が聞きたいって、そりゃそうだよな。だから明日お前、俺と一緒に交番行こう」

父の大らかさが有り難かった。

翌日の午後、父に連れられて交番へ行き、二時間ほど調書を取られた。

「いやあ、過剰防衛っつうか、どっちが被害者なのか分からないほど酷い目に遭わされてるからさ。いや、碌《ろく》な奴らじゃないのは分かってるけど少し可哀想になっちゃうくらい、その……あの時逃げちゃった被害者ってか、あいつらをあんな目に遭わせた人の話が聞きたいんだけどねえ」

人の好さそうな巡査はそう言って笑った。

あの二人とは初対面で、自分は女の子を助けに入っただけだ、と恵子は言った。

「あ、そうなの？　へえ、君は勇気があるねえ」巡査は、そう言って酷く感心した。

空手の有段者だということは言わずにおいた。恵子はそれで放免された。

事件はそれきりで、恵子は男達にはっきり顔を見られてもおらず、こちらも男達の顔を知らないので、日常生活でも彼らを怖ろしいと思うことはなかった。

数日後、恵子はあの晩交番の前から逃げ去った二人と会った。駅の近くで声をかけてきたのだった。

「覚えてますか？」と男が言った。「日曜日の晩、土手でお世話になった者です」

〝お世話になった〟という言い方に思わず笑いそうになったが、男の目は真剣だった。

「ああ、あの時の」

よく見ると少女は肉感的な丸顔の、可愛い顔をしていた。

「少し時間貰っていいすか？」と男は言った。

顔はまだ腫れているが、素直そうな顔をしている。

「ええ、いいですよ」そう答えると、男は先に立って四ツ木駅近くの喫茶店に入った。

向かい合って注文を済ませると、男が立ち上がって頭を下げ、礼を言った。

「あの時はありがとうございました」

「ありがとうございました」と少女も頭を下げた。

「おまけに警察のことも迷惑かけました」と言う。

実際、男達についても恵子の目撃証言だけでは立件も出来ず、逆にあれほどの怪我をさせられていたから、なんとなくうやむやになったのだろう。

「別に迷惑じゃないです。何もなかったし。警察はあなたの話が聞きたいって言ってたけど……もう、いいと思う」

そう答えたら、男はやっと柔らかな顔になった。

「ところで、何故あんなことになったんですか？」と恵子が訊いた。

男の名前は相原秀樹《ひでき》、女の名前は大沼《おおぬま》雅美。男は恵子と同い年の高校三年生で女は中学三年生だった。二人は幼なじみだったが、あの日が初めてのデートだった。

京成線に乗って浅草まで行き、暫く浅草寺境内をうろついた後この近くに戻ってきて、八《や》広《ひろ》のもんじゃ焼き屋へ入った。秀樹が前に何度か行ったことのある店だった。

雑談をしながらもんじゃ焼きを食べ、店を出た時に二人は初めて手を繋いだ。

「おいおい見せつけんじゃねえよ」

手を繋いで大声ではしゃぎつつ歩く二人を見かけた地元のちょいと悪い連中が、笑いながら二人をからかった。

「うっせえ」

意地っ張りの秀樹は男達相手に一歩も引かず突っ張ってそう言うと、「お、生意気言ってくれんじゃねえの」土地のワルどもが集まってきてニヤニヤしながら秀樹を取り囲み、それこそあっという間に、猫が鼠を弄ぶように数人がかりで袋叩きにした。

闘うのではなく、されるがままのリンチに近かった。

彼らの一時の怒りが収まった時にしおらしく逃げ帰ればよかったものを、根っからきかん気の強い秀樹は、その連中に向かって血の混じった唾を吐きつけた。

それが一層連中の残忍な心に火を付ける格好になってしまったようだ。

秀樹は雅美の手を引いて懸命に逃げた。土手に出て木根川橋を渡ったが、四つ木側に渡りきる手前で三人の男に追いつかれた。

『二人を追ううちに、男達の胸の内に本能的に湧いた残酷な思いが一瞬にしてたぎり、性的暴行への欲求に駆られたらしい』と、恵子は父と出頭した交番で聞かされた。

土手の辺りで雅美を奪い去られる際に再び叩きのめされた秀樹は一瞬気を失ったが、すぐに気がつき、どうにか雅美を救いたいと必死に追いかけるうちに、薄暗がりの地べたで微かに光っていた長さ一メートルほどのアルミ製の棒を見つけ、それを手に男達を追った。

雅美を奪い返す機会を狙ってはいたが、三人相手となると心が臆してどうにも手出し出来ない。そこへ恵子が現れ瞬く間に男三人を叩きのめすのを、秀樹は息を殺して見ていたのだ。

しかし、新手の三人が現れてさすがの恵子も万事休す、と思ったその時に、ようやく秀樹は勇気を振り絞って、アルミの棒を振り回しながら男達の中に飛び込んでいったというのだ。

「俺、自分の臆病が恥ずかしくて」と秀樹は言った。「でも、無我夢中で飛び込んでいきました」

「一人は膝を割られて一人は脛を折られ、あとの二人はそれぞれ、足首胸骨を折られて、残る二人は逃亡。警察の人がそう言ってた」

恵子がそう言うと、秀樹は息を呑んだ。

「ひでえな。あんたがやったんすか？」

「あなたよ」と恵子は笑った。

「え？　俺？」

「そう。あなたが振り回した金属棒がやったのよ」

「え」秀樹は言葉を失った。

「火事場の馬鹿力ね」恵子は答えた。

「暗がりの武器って怖ろしいわね。剣道三倍段っていうし」

「剣道？」

「剣道三倍段。剣道の段位は柔道とか空手の三倍上って意味よ。物を持っていると素手より三倍強いって、ま、当たり前よねえ」

「へえ」

「しかもあなた素人でしょ？　暗がりで素人が無我夢中で振り回す金属棒くらい怖ろしいものはないわね。加減知らないし。あなたね、人を殺してたかもしれないのよ、顔とか直撃してたら」

「あ」と秀樹が言った。「殺す……つもりだったかもしれないっす」

「でしょうね。そうでなきゃ、あそこへ飛び出せないと思う。でも良かったわね、殺さないで済んで」

「ありがたいっす」

秀樹はもう一度頭を下げた。

「本当にありがとうございました。あんたに怪我がなかったか、ずっと気掛かりで。ようやく昨日、駅で見かけたんで、その、家までついていったんです」

「家まで？」

「こいつがずっとあんたのことを気にしてたから、その、……心配だったんで」

なんだ、好い奴らじゃないか。恵子は少し二人に好意を抱く。

「なんで交番から逃げたの？」

恵子がようやくあの日からの疑問を口にした。

＊

「そうだよな、なんでお巡りから逃げたんだろ」とテル。

「それにしても恵子ちゃん肝据わってるわ」とブン。

「そこが『まさかのお恵』」とさおりが笑う。

「お巡りさんの顔見たら、何だか怖くて逃げましたって言うんです」と恵子。

「分かる分かる」さおりが言う。

「車運転していてパトカー見るだけで緊張するよねえ」とテル。

「そりゃおめえが何か後ろめたいことしてるからだろ」とブン。

「誰だって警察見たら腰引けるっしょ？」とテル。

「引けない引けない。何もしてないから」と恵子。

「だから肝が据わってる、っての」とテル。

「それであのお二人と仲良しになったのですか？」マスターが恵子に金宮と新しいホッピーを差し出しながら聞きます。

「そこまでは、まあ、よくある話なんだけど」と恵子。

「よくある話じゃねえよ。滅多にない話だよ。男三人の中に割って入って女の子助ける高校生の女子なんて……なあ」とブン。

「おう、それそれ、幾ら腕に覚えがあるからったって……」とテル。

「恵子先輩、ホント凄い」麻絢がため息をつきます。

「確かに」とさおり。

「まさに」とマスター。

「でも高校三年生の男の子と中学三年生の幼なじみの女の子に恋心が芽生えて、初デートで悪い連中に絡まれて、結果まあ、助かったわけでしょ？」と恵子。

「あんたが助けたんでしょうが」ブンが吹き出して、「全然よくある話なんかじゃねえって」テルも笑い出す。

「聞いてください。でもそれからあの二人、大変なことになっちゃうんですよ」と恵子。

「あ、トイレ行ってきていい？」とブン。

「おめえ、人の話が佳境に入ると必ず便所に行くなあ」とテル。

「出物腫れ物所嫌わず」ブンは叫びながらトイレに駆け込んでいきます。

「そん時、恵子ちゃんが高三？」とテル。

「ええ」

「じゃ、十年以上前の話だよね」

「そうなりますね」恵子が苦笑いしながら答えます。

「そっか。で？　今日二人とそれ以来初めて会ったってわけ？」

「いいえ。まだまだそれからが凄いの」

「凄いって……恵子先輩詳しく知ってるんですか？」と麻絢。

「そりゃそうよ。関わり合っちゃったんだもの」

「それにしてもその……あの二人、もの凄い格好してたけど、こう、堅気には見えねえ、何か、暴力団のパシリとその女の、キャバ嬢……ってか……」テルがため息混じりにそう言うと、「ずばり、そんな感じになっちゃうんですよ、この話」と恵子。

「承りましょう」とテル。

「待て待て待て待て」トイレから戻ってきたブンが、マスターの差し出すおしぼりを受け取りながら叫んでいます。

「マスターお酒もう少し。それからタラの芽の天ぷら」

「マスターだってこの話の続き聞きたいだろうが」とテル。

「大丈夫、聞こえますよ」マスターが笑う。

「二人の親同士が、揉めに揉めて……」恵子が静かに話し出しました。

*

二人が付き合い始めたことを知って、雅美の父親が激怒した。

まだ中学生の娘がいくら幼なじみとはいえ、男と付き合うのは早すぎる、とこれは親としては当然の怒りだったが、娘の方は少し遅い『反抗期』で、父親と完全にこじれた。

雅美の母親にもう少し父親との橋渡しが出来たら、そんなことにもならなかったかもしれないが、父親の方が秀樹の家に怒鳴り込んだ。

雅美の父親というのはこの辺りではいっぱしの不動産屋で、教育熱心で知られていて、中学校のＰＴＡの会長までやるような人物だった。

一方の秀樹の父親は昔気質《かたぎ》の旋盤工で、小さな町工場をやっていた。

はじめは秀樹の父親は雅美の父親に平身低頭だったが、雅美の父親の何かの言葉に怒りが爆発して大喧嘩になった。

「旋盤工風情が」

「地べた詐欺の成り金野郎が」

両家は完全に断絶し、二人は引き裂かれた。

事態が急変したのはそれからすぐで、雅美が家を出奔した。同時に秀樹も失踪した。

二人は名古屋に逃げた。名古屋に秀樹の知人があったからだったが、しかし知人を訪ねたことで、たちまち二人は連れ戻されることになった。

雅美の父親の怒りは激しく、中学への行き帰りも、経営する不動産屋の従業員の一人を張り付かせて監視した。

このあと秀樹は独りで失踪した。家族からも孤立してしまい、地元にいづらくなったからだ。どこかで落ち着いたら雅美を呼べるのではないか、と勝手に思っていた。

一方秀樹の失踪を知った雅美は「置いていかれた」と感じたか、その晩初めて自ら手首を切った。病院へ救急搬送されたが、幸い命に別状はなかった。

雅美はその後、秀樹に「ついていけなかった」と自分を責めるようになり、以来、自傷行為が酷くなった。

それから幾度も手首を切ったがいずれも致命傷には到らない。一度は頸動脈まで切ろうとしたが、これも幸い、死に到る傷ではなかった。

家族はそういう雅美を「手に負えない」と感じたのだろう、精神科病院に送られることになったのは翌年の春で、ようやく中学を卒業した直後だった。当然高校へ進学することは出来ない。

こうして彼女は精神安定剤漬けの毎日を送るようになる。

家を出た秀樹は今度は北へ行った。辿り着いた仙台で塗装工の仕事を得たのは高校卒業直前の頃で、卒業式に出席はしなかったが、どうやら卒業は認められた、とこれは後で調べて知ったことだ。

彼はよく働いたが、彼にとっても相思相愛だった雅美を置いて出てきたという胸の痛みがあった。彼自身の精神不安も強まり、やがて不眠症になって、睡眠薬を使わなければ眠れなくなってしまう。

一方恵子は大学生になっていたが、この夏過ぎ頃、夜になると家に不審な電話がかかるようになった。父親が出ると何も言わずに切れた。それが数日続いた後、今度は昼間に不審な電話がかかった。母親が出るとすぐに切れた。

その電話はただの間違い電話ではなく、何かの意図を持ってかけてきているのではないか、といぶかしみ、父も母も電話が鳴ると顔を見合わせ怪訝な顔で、一呼吸置いてから受話器を取るようになった。

秋のはじめ、偶然恵子が一人の時に電話が鳴った。出てみると、酔っ払ったような男の声がした。

「橋本恵子さんですか？」

「そうですが？」

「相原です。ご無沙汰しています、相原秀樹です」と言う。

あの騒ぎの後、周りの噂で事情は知っていたから胸が騒いだ。

「あなた、家出したんですってね」

「はい……すみません……」少し呂律が回らないようだった。

「よく電話番号分かったわね」

「一〇四で聞きました。あの……住所知っていたので……すいません」と言う。

それから申し訳なさそうに「雅美と、連絡が取れませんか？」と言った。

「彼女は少し情緒不安定で大変みたいよ。連絡はつくと思うけど」

「俺の連絡先を伝えてほしいんです」

「あなた、今どこにいるの？」

秀樹が今度は少し黙った。恵子が敵か味方かを量るような間合いだった。

「誰にも言わないから、教えて」と言うと、「ありがとうございます」ホッとしたように答えた。そうして自分の携帯電話番号を告げた。

「雅美から……電話を貰いたいんです」弱々しい声だった。

＊

「なんだよ、しっかりしろよ秀樹ぃ」ブンががっくりとうなだれます。

カラン、とカウベルが鳴ってひょいと顔を覗かせましたのは、郵便局の息子、オヨヨのフトシこと池田太志です。

「オヨヨ、盛り上がってる最中ですか？」

「あ、まあた余計な奴が入ってきたよ」とブン。

「何です？　皆さん深刻な顔して」

奥の方へ廻って腰掛けると、生ビールを注文しながら大皿を覗いて鶏と椎茸にサヤエンドウやら蕗やら一緒に炒めたのを、「これ正式名称知らない」とかなんとか言いつつ箸を付けながら、「どうぞ皆さん、お話、続けてくださいまし」澄ました顔で言う。

「ああ、しょうがねえなぁ、俺トイレ行ってくるから、ブン、おめえ、あらすじを説明しとけ」テルが笑いながらそう言いました。

麻絢が、「この隙に家にちょっと電話入れてきます。弟が九州の大学通ってるんですけど、もしかしたら今日帰ってくるって言ってたんで」と言う。

「へえ、弟がいるんだ、あの子」ブンが見送ると、「彼女は二十三歳。ウチの期待の新人」とさおりが解説しております。

「あの子しっかりしてるんですよ、ああ見えて」恵子が、いなくなった麻絢を褒めております。

「どう見えるの？」さおりが鋭い突っ込みを入れます。

「華奢で頼りなさそうに見えるけど、芯がしっかりしてるって意味よ」恵子が笑います。

「確かに」とさおり。

さてブンがこれまでのあらすじを、時々恵子に確認を取りながらフトシに説明しております。

フトシときたら恵子に視線を送りながら、「オヨヨ」だの「へえ、そうなの」などと相づちを打っております。

「弟は来週帰ってくるみたいです」麻絢が戻ってまいりました。

さて、テルも戻ってきて、「どこまで聞いたっけ?」「ああ、そうね」とさおり。

改めて恵子の話は続きます。

*

雅美に会うのは大変だった。

まず実家に行って堂々と名乗り、雅美に会いたい旨を告げても、向こうは『今は家にいない』の一点張りでとりつく島もない。

こうなると尚更に恵子の正義感は燃え上がり、とうとう彼女が入院させられている病院を突き止めたのがその年の秋の終わりである。

面会して驚いた。雅美は僅かの間に見るも無惨に痩せこけていて、最初に出会った時に印象的だったちょっと肉感的で可愛らしい丸顔がすっかりしぼんでいた。目は虚ろで、無表情だ。

しかし面会時間の終わりに、秀樹の電話番号を書いた紙をそっと彼女の掌に握らせた瞬間、彼女の目に光が宿るのが分かった。

それが良いことだったのか悪いことだったのか、それから恵子の苦しみが始まることになる。

数日後、雅美は病院を抜け出して恵子の家に来た。

恵子が帰ってくるのを雅美は近くの路地に潜んで待っていたのだ。裸足だった。

「恵子さん」夕闇の中から姿を現した雅美を見て、恵子は一瞬幽霊かと思ったほどだ。

「雅美ちゃん、大丈夫？　病院、抜け出してきたの？」尋ねるが、歯をガチガチ言わせるほど震えていて話にならない。

恵子は少し考えたが、そのまま雅美を家に連れ帰った。

母は不安そうな顔をしたが目顔で大丈夫、と合図した。

一緒に風呂に入り、自分の着替えを出して着せたりしていたら、なんだか妹が出来たような気がした。

やがて父が帰宅したので、いきさつを説明した。

一年前のあの時の被害者の娘だ、と言い、手短に秀樹の失踪、仙台から電話があったことなどを伝えると、父は少し深刻な顔をした。

「だが、二人ともまだ未成年なんだろう？」それから暫く考えて、「駆け落ちをするには若すぎると思うよ」と言った。

もっともだと恵子も思う。

高校を出て一年も経たない男の子と、まだ十五の女の子なのだ。

「でもね、このままだと多分あの子はいつか本当に死んでしまうと思う」と恵子は父親に言った。

「うん。恵子の気持ちは分かるがなぁ」父は結局、そのことに賛成できないと言った。

恵子は両親に頼み雅美を泊めることにした。

それから恵子は三日大学を休んで雅美に付き添った。

すると三日目には目にやや力強さが戻ってきたし、心は落ち着いたようだった。

しかしこのまま「気の触れた娘」として実家に置いておけば、きっとこの子の人生は本当に終わってしまう。

恵子は、一緒に風呂に入った時、彼女の手首の傷を見て理解したことがある。

この子は死にたくて自らの手首を切るのではなく、生きたいから切るのだ、と。自分の選んだ人生を生きたい、と手首の傷が叫んでいるのだ。

確かに彼女は若すぎるけれど、人の心は年齢では測れない。引き裂かれた後の、彼女の錯乱を見れば命懸けの恋だと分かる。

その「心の糧」は今、確かに仙台にある。

恵子はこの時、同じ女性として雅美の心根を認めたのだった。

今頃きっと、病院や雅美の実家では騒ぎになっているだろう。だからどうにかうまく雅美を秀樹の所に送ろうと決心した。

ついていってやりたいが、大っぴらなことは誰も許すまい。おそらく、雅美が勝手にひっそりといなくなる以外に、今この事態を静かに収める手立てはないのだ。

五日目の晩、恵子は雅美に自分の携帯電話の番号を書いた紙を渡し、郵便局から下ろしてきた自分のお金の全てを雅美の見ている前で机の一番上の抽斗《ひきだし》に収めた。

それが恵子が悩んで悩んで悩んだ末の、精一杯の様々な人への「方便」だった。

翌日大学から帰ってみると雅美は姿を消していた。

そして二十万円置いた抽斗の中のお金のうち、十八万円が消えていて、拙《つたな》い文字の借用書が置いてあった。二万円残してくれるところがいじらしい。あの子はそんな気遣いの出来る、本当は気立ての良い、優しい娘なのだ。

雅美が失踪してから数日後、秀樹の携帯電話を鳴らしたが、アナウンスは「電源が入っていないため繋がりません」と繰り返した。

そのあとも電源はずっと切れており、一月も経たぬうちに携帯電話は「現在使われておりません」と応えた。

やがて雅美の実家から使いが来てあれこれ訊かれたが、恵子は一切知らない、と答えた。

*

「よくやった」ブンが頷いております。

「そうかなあ」とテルが首を傾げます。

「他に手立てがあるのかよ」とブン。

「だってそんな若さじゃ、仮に親が認めたってなかなかフツーの人生を送るのは難しいぜ」

とテル。

「そりゃあそうだけど」今度はそこへフトシが割って入ります。「なにもさ、一流の大学出て一流の会社に入ったからといって全員幸せたぁ限らないしさ、人には人の幸せあり、だよ。

大きな人生なんてないのさ。ただ小さな幸せがあるだけだ」と。

「あ？　何だか聞いたことがあるなあ、それ。あ、テル、おめえ入ってくるなり偉っそーに俺に同じこと言ったじゃねえか」ブンが口から泡を飛ばします。

「あいたたた。そうそうそう。確かにそう言ったなあ。あれ？　フトシおめえ今日の研修会に行ってたのか？」とテル。

「オレは一番後ろにいた。テルは前の方にいたからオレに気づかなかったんだろう。それに終わってすぐに飛び出したからな」

「やっぱそうかぁ。どっかで聞いたなあと思ったんだよなあ」とテル。

「何が研修会だ、バァカ、ちっとも身についてねえじゃねえか」とブンが吹き出しました。

「それにしても無器用の上に無器用を重ねたような二人だな」

フトシ、今日は妙に大人です。

「一途《いちず》っちゃあ一途だけどな」とテル。

「頭悪いのよ、二人とも。まともに渡っていけるはずがねえのさ。見えるのは目先のことだけじゃないか。それで渡っていけるほど人生甘くないって」

……おやおや、今宵ブンは妙に突き放しますね。

「確かに聞けば聞くほどバカな二人だけどさ、恵子ちゃんはよくしてあげたと思うよ。尊敬するわ。俺は」テルが妙に感心しております。

「確かにいわゆるフツーの人生じゃありません」恵子が言う。「ここからが二人、とても厳しいんです」

「そうでしょうねえ」マスターがそれぞれのお代わりを差し出しながら優しい声で言う。

「覚悟の上とはいえ、いわば子ども同士ですものね」と。

「そうなんですよ、マスター、聞いてくれます？」と恵子。

「勿論、承りましょう」

恵子のジョッキの氷がカシャ、と小さな音を立てました。

*

秀樹の必死の働きのお蔭で、どうやら仙台に二人身を寄せ合って暮らす程度の栖《すみか》は得られた。悠々と暮らすには塗装工としての秀樹の賃金では苦しいけれども、細々とならどうにか生活出来た。

しかし、雅美の精神状態は、仙台で一緒に暮らすようになっても一向に改善しなかった。

あの短い間に雅美の心に食らいついた人間不信と精神不安は、いつも彼女が一人になった時を狙うかのように襲いかかってきた。

仕事に疲れた秀樹が何かの拍子に強い言葉を使うと、雅美は翌日手首を切った。雅美を一人に出来る状態でないのは秀樹にも分かっているが、かといって仕事を休むことも辞めることも出来ない。

このいたちごっこが一年も続くうちに秀樹も少しずつ草臥れ始めた。

秀樹は次第に酒に逃げるようになった。だが、酒が過ぎれば翌日の仕事は辛い。仕事をしていても常に雅美のことが気になる。次第に仕事が上の空になり、雑になり、幾度か注意された後、秀樹はその会社を馘《くび》になった。塗装工の代わりはいくらでもいるのだ。

それで生活は荒れた。

必死にアルバイトで稼いだ僅かなお金も、殆ど雅美の治療費、診療費や精神安定剤に替わる。酒を飲む余裕もなくなった。

追い詰められた秀樹は元の会社に行き、土下座をするように謝って頼み込み、就職先を紹介してもらった。しかし自分の所で使えない者を、自分の所よりしっかりした会社に紹介してくれるはずがない。仕事というのはそういうものだろう。自分の所より格下の、世間で言う孫請けの更に孫請けのような末端の会社に回されることになる。

仕事場は荒んでいた。給料を博打に注ぎ込む者、女に注ぎ込む者。中には全く仕事の出来ない者まで交ざっている。こうなると仕事の質も悪い。

それでも上から見れば安いから使う、という塩梅なのだし、会社は賃金のうち幾らかピンハネ出来るから使うのである。また、ピンハネされても文句の言えない立場の者ばかりだ。「荒む」というのはそういうことで、秀樹は既にそういう場所に追い込まれていた。

様々に心労は重なる。二十歳にもかかわらず秀樹は、三十歳近くに見えるほど老けた。

それでも精一杯雅美を支えようとした、そこに嘘はない。

朝から塗装工として働いても足りない生活費は、夜の国分町の風俗店で呼び込みのアルバイトをして工面した。

雅美の精神不安は相変わらずで、孤独を怖がって手首を切る、それを叱ればまた手首を切る、かといって放っておけば淋しくてまた手首を切る。

こうして精神的に疲れ果てた秀樹は、行き場のないストレスに負けて、ついに薬物に手を染めてしまった。夜の町に蠢《うごめ》く、闇の連中から廻ってきたものだ。

はじめは大麻煙草だったが、半年も経たないうちに覚醒剤に手を出した。

最初は只で貰ったものだった。やがてアルバイトの同僚の売人から一袋一グラム三万円ほどで買うようになり、この一袋を十回以上に分けて使った。

毎日使うわけではなかったが、精神的な疲労と、朝から晩まで働く肉体的な疲労から逃れたい一心だった。

　雅美が睡眠薬を使って眠ったのを見届けてから覚醒剤を使った。

　身体の疲れが取れる気がするのはきっと薬による錯覚だと分かっていながら、もうどうしようもなかったのだ。

　ある時雅美がこれに気づいた。

「秀ちゃん、何か変な薬使ってるでしょ」と呂律の回らない口調で雅美が言った。

「どんな薬？」

「麻薬」

「バカ言え。下らねえこと言うな！」と怒鳴りつけた途端、雅美の顔色が変わり、瘧《おこり》にかかったように震えだした。

　怒鳴られることは何より怖かった。不安神経症の発作が起きるともう手に負えない。

　どうにかなだめて寝かしつけようと思っても眠らず、逆に秀樹が草臥れてうとうとした隙に雅美はまた手首を切った。

　やがてアルバイト先の同僚から芋づる式に引っ張られて、秀樹が覚醒剤所持及び使用で逮捕されたのは雅美に指摘されてからすぐのことで、短い裁判の末、懲役二年、執行猶予三年の刑が確定した。

このことが雅美の心にどのような影響を与えたのか全く分からないが、不思議なことに、この裁判の間、長い間独りきりにされたにもかかわらず雅美は一度も錯乱せず、手首も切らなかった。

執行猶予だったので、仕事は変わらなくてもよかった。その職場には同じような連中が何人もいた。そういう意味では有り難かったが、その分ぬるい場所でもあった。秀樹は半年も経たぬうちにまた覚醒剤に手を出した。

雅美が恵子に突然電話をしてきたのはこの頃だった。電話口で嗚咽し続ける雅美をなだめるのに時間がかかった。

呂律も回らず、言っていることの辻褄《つじつま》が合わないので、話を聞くのにも時間がかかったが、ようやく秀樹が覚醒剤に手を出して、一度捕まったにもかかわらず、再び手を出したのだ、といういきさつを理解した。どうしてもやめられないようだ、ということも。

そして咳き込んで吐く音がして、そのまま電話が切れた。

これは助けての合図だ。雅美は恵子の電話番号をずっと忘れずにいたのだ。

今まで電話がなかったのは、それでもまだギリギリではなかったのかもしれない。今頃思い出してかけてきたのは懐かしくて、ではない。もう彼女の力ではどうにもならないギリギリの絶望の淵からの救助要請だと、咄嗟に理解した。

恵子はあの日、情にほだされて雅美を仙台に送ったことが正しかったのかという疑問と責任とをずっと感じていた。だから自分は行かねばならない。知らない携帯電話番号からだったが、おそらく二人のどちらかの持ち物だろう。連絡はきっとつく。

恵子は父親に事情を話し、仙台まで様子を見に行かせてほしいと頼んだ。二年近く前、雅美を仙台に行かせたいと言った時に、にべもなく反対した父を説得するのは大変だろうと思った。

ところが意外にも父はあっさり承諾した。

「止めないの？」不思議に思って恵子が聞くと、「前に二人の駆け落ちに反対したのはね、物事が動く前だったからだ。動く前なら過ちを止められることもあるからだ。だが、もう動いてしまった過ちを正すには方向を変えるしか手はないと思う。お前がそのために行くのを止める理由はないよ」と。

父の懐の深さに感謝をした。

秀樹は恵子と同い年だからこの時二十一歳だ。こんな若さで薬物に染まって抜けられなくなったら、すぐに死んでしまうか廃人になるだろう。

自分のあの時の思い込みが、結果二人を不幸にしつつあるのならば、直ちに止めなければならない。

仙台駅から電話をすると、雅美が出た。案外しっかりした口調だった。

雅美が住所を告げたのでそこを訪ねた。二階建てのアパートの狭い1DKだった。

二年ぶりに会う雅美は更にやつれていた。十六歳だった少女が、まもなく十八歳になる。

部屋は小綺麗に片付いているようで、それでも微妙な違和感のある部屋だった。

鼻の奥で、甘いような酸っぱいような異臭を感じた。それが何かは分からなかったが、少なくとも覚醒剤常習者から彼女を引き離さなければならない、と思った。

*

「息が詰まる話だな。ああ、でもいいお父さんだな」とテル。

「俺もそう思う。だけど薬物の話は誰に聞いても怖いな。一度手を出したら終わりだな」ブンが言います。

「実際、再犯率だって高いしね」フトシが息をつきます。

「怖いですよね」明るい麻絢も重たい顔です。

「よくぞ仙台までいらっしゃいましたね」マスターがそう言って、フルーツを載せた大皿を置きます。

オレンジ、パイナップル、林檎にキウイフルーツ、色合いも美しいです。ああ、それにもうライチですか。

「凄い、美味しそう」恵子がようやく笑います。

「で？　連れ出すことは出来たのかい？」ブンが尋ねますと恵子は大きく頷きました。

「とにかくね、連れ出したんです。久しぶりに他の人間と会うからでしょうか、意識もしっかりしていましたから、説得もしやすいと思ったんです」と恵子。

「別れさせたの？」とテル。

「いえ、残念ながらそれは無理でした。ホテルに連れ出して三日間一緒にいたんです。それから秀樹君に会って、私の考えを伝えました。あ、マスター、私にもう一杯ホッピー」と恵子。

「おお、飲みねえ、飲みねえ、寿司喰いねえ」とブン。

「寿司はねえよ」テルが思わず吹き出します。

「それで、どうしたの？」フトシが食いついておりますな。

「実は……無理だったのは雅美ちゃんの方でした」

「オヨヨ、でもそういうモンだろうなあ」とフトシ。

「女は理屈じゃないってことだな」とブン。

「二人は話し合った末に、お互いもっとしっかりやり直すって約束して、また二人で暮らすことになったんですが……実はそれで私が……草臥れちゃったんですね」恵子は少し涙ぐんだ。

「いや、恵子ちゃん、そりゃ誰だって草臥れるよ」とテル。

「彼女を助け出さなきゃって心に誓って出掛けていったのに、結局元の木阿弥でしょう？結局……二人とも弱いんですよ。それで……なんだかがっかりしちゃって……」

「そこまでやってあげたら、がっかりしなくていい」とブン。

「父にもそう言われたんですが……私の心が折れたのね。それに……就活だなんだで結構大変で……それきりこちらからは連絡もしなくなったんです」

「向こうからは？」とフトシ。

「二年ほどの間は……雅美ちゃんからは時々思い出したように、何度か電話があったんですが……向こうも私の温度が下がっていることに気づいたんでしょうか、次第にかかってこなくなってしまったんです」

「そういうモンだよなあ」フトシは先ほどから〝そういうモンだ〟を繰り返しています。

「そうしてすっかり連絡が途絶えたんですよ」

「え？　そうなの？　それきりなの？」テルが驚きの声を発します。

「さっきここで会うまで、です」と恵子。

「え、じゃあ、十年以上ぶりにここで会ったってこと？」フトシ食いつきますねえ。

「だから、俺が説明したろ、さっき」とブン。

「オヨヨ。オレ見てないからどんな二人だか分からない」とフトシ。

「チャラいチャラいお二人でしたね。ピンクの髪と金髪と、首にはネックレスだか首輪だか分からねえのを巻いてよ、耳にはギターのピアスときたもんだ」ブンがそう言い放ちます。

「姿形で人を決めつけてはいけません」不意にテルが冷静な声で何かを言いかかると、それを喰って、「大きな人生なんてないのさ。ただ小さな幸せがあるだけだ、だろ」とフトシ。

「オヨヨ。分かりますかな私の言葉が」テルがふざけています。

「離れろよ、その研修会からョ」とブン。

「連絡が取れなくなってから十年ぶりですか？」とマスター。

「そりゃあ向こうが悪い。そこまで面倒見てもらって、音信不通になるなんざ、所詮バカはバカだな」とブンが舌打ちをします。

「今、お二人は趣味でアマチュアのロックバンドを始めたところだそうですよ」マスターがそう言います。

「へえ。ああ、じゃあしょうがねえ。ありゃ衣装だ。衣装だな」テルが妙に納得して膝を打っております。

「あ、そういえばマスター、さっきあの子らと話し込んでたっけね」とブン。

「実は二人は、この町で暮らし始めたんです」と恵子。

「おお、大どんでん返し」とブン。

「そうなんですか？」と麻絢。

「え。そうなの？」さおりが驚いています。

「このすぐ近くのアパートに一週間前から住んでるって。さっきそこへ行って話をしてきたのね。１ＤＫで七万円って言ってた。凄く小綺麗にして、幸せそうだったよ」と恵子。

「あなたも人が好いね。涙流しながら抱き合ってたっけね」とブン。

「幸せそうだって喜んであげてさ」とテル。

「だって、本当に嬉しいんです」と恵子。

「人間こうありたいね」とまたブンが頷いております。

「二人の人生って、本当凄絶でしたから」恵子がまた涙ぐんで話を続けます。

＊

秀樹はやっぱりすぐには薬をやめられず、数ヶ月後には再び逮捕された。

今度は執行猶予中の再犯ということもあって、裁判で懲役三年の実刑が言い渡されて収監された。

秀樹は幾度も幾度も、雅美に詫びた。

しかし意外だったのはこれで雅美の目が覚めたことだ。

「私は自分が薬漬けで、安定剤やら、睡眠剤やら不安神経症になって薬をやめられなかったくらいだから、秀ちゃんが覚醒剤をやめられなかったのが分かるの」とこの時雅美は秀樹にそう言った。「だけどね、覚醒剤は犯罪だから、秀ちゃんは罪を償う必要がある。それに三年刑務所にいれば今度は薬もちゃんとやめられるでしょう？　私も秀ちゃんが帰ってくるまでの三年の間、絶対薬は飲まない。それでおあいこでしょ」と。

秀樹は嗚咽しながら何度も頷いた。

十八歳の雅美の心のどこに、どのような力が働いたのかは分からないが、秀樹の再犯、懲役刑の確定と同時に、突然、雅美の心が立ち直ったのだ。

こうなると人間は強い。

自分の意志で薬をやめてからは食欲も出て、目の輝きも戻り、雅美はまさに奇跡的な回復を見せた。

秀樹が刑務所から帰ったら、ちゃんと落ち着いて仕事が出来るようになるまで、今度は自分が働いて支える、と誓った。それで、自分の好きな仕事を考えた時に、最初に頭に浮かんだのはマッサージの仕事だった。

誰かの身体を楽にしてあげたい、自分がずっと誰かに助けられてきたからか、今度は誰かの役に立ちたい、と思ったのだ。

そして、秀樹の身体にも良いはずだ、と。

だが、国家資格が必要な「あん摩マッサージ指圧師」になるためには高校卒業以上の学歴が必要だし、専門の学校で三年間勉強をした上で、更に国家試験に通らなければならない。

雅美は中学卒なので高校卒業程度認定を得ることから始めなければならなかった。そこで、働きながら認定試験を受けるための学校に通い始めた。

秀樹が収監されてから、雅美は朝、ホテルのベッドメイキングの仕事をし、夜はキャバクラで働きながら昼間は学校に通った。

そうして一年後に試験に通った。二年目は別の学校に通い、国家試験の要らない整体師の資格を取得した。

秀樹の出所を控えた三年目には、雅美は整体師としての仕事場を見つけていた。それはちょうど流行り始めたリラクゼーションのお店だった。雅美はとにかく働いて働いて働いた。

あたかも止まっていた自分の時間を取り戻そうとするかのようだった。働くのが楽しかった。目的がはっきりと見つかったからだ。

そして秀樹の出所後は、昼間は憧れの「あん摩マッサージ指圧師」の資格を得るための学校に秀樹と二人で通い、夜も二人とも働いた。

秀樹の仕事は肉体労働だったが、少しも辛くなかった。

秀樹も二度と覚醒剤に手を染める気持ちはなかったし、なにより二人が同じ目標を持つことでそれぞれが自分の心を、そして互いを支えた。

恵子の恩を忘れるはずもなかったが、疎遠になればなるほど敷居が高くなっていく。それにある時、恵子は自分達とはもう関わり合いになりたくないのではないか、と感じたことから、怖くて電話も出来なくなったのである。

秀樹の出所から何年もかけて、二人は共に「あん摩マッサージ指圧師」の資格を得た。

それが今年の二月末のことだ。そしてこの春から二人は東京へ戻る決心をした。

＊

「偉い！」ブンが感激して思わずため息をつきます。

「そういうことだったのかぁ」とテル。

「やっぱ、ここに帰ってきたかぁ」とフトシ。

カラン、とカウベルが鳴ってひょいと現れたのは、葛飾警察署生活安全課のヘロシこと安田洋警部でございます。

入ってくるなり、店の雰囲気に驚いたように、「お」と一度後ずさりをいたしましてから、軽く咳払いをしまして、それから改めてのそりと入ってまいりました。

「なんか……雰囲気が……違うね」とヘロシ。

「ああ、遅かったねえ今日は」とブンが勿体を付けております。

「いい話が聞けたのにねえ」とテル。

「何だよ、話せ、ブン。活きハマグリのブン、お湯かけたら三秒で口開くブン、話せ」とヘロシ。

「やだね」とブン。

「活きハマグリ、いいねえ」テルが吹き出します。

「蛤、ございますよ」とマスター。

「それ頂戴。それから俺はホッピーね。今日は黒金宮で」

「承知いたしました」

マスターはそう答えてからゆっくりと恵子を振り向いた。

「あのお二人は、他に何か恵子さんに仰いませんでしたか？」

「え？」恵子が首を傾げる。「別に何も」

「お二人は恵子さんに立会人になっていただきたいそうですよ」

「え？　立会人？　なんの？　え！　もしかして！」

「そうです、やっとご結婚の決心をされたそうですね」

「え？　私に？　立会人!!」

「そのために、この町に戻られたと伺いました」

「私に……」恵子の目はうるんでいます。

「あちらのお席にお座りの間……。実はずっとあなたのお話ばかりでした」マスターが優しく笑った。

「え、そうだったのかよ」ブンが苦笑いをしています。

「マスター、酷いねえ。俺はずっと気分が悪くて不貞腐れて飲んでたっつうのに」

「何？　何の話⁇」ヘロシがキョトンと周りを見回しております。

さおりも麻絢も目を赤くしております。

「あ、テル、てめえも泣いてやがる」

「泣かねえよ」

「泣いてんじゃねえか、あ、フトシも泣いてやがる」

「これは目の汗だ」

「ふざけるんじゃねえ。さあ、言え、ブン、どんな話があったんだか言え」ヘロシがいきり立っております。

「だからぁ、なんで俺に聞くんだよぉ」

「てめえが一番口が軽いからだ」

「誰が喋るか」

ヘロシにホッピーを注ぎながらマスターが続けます。

「恵子さん。あなたの真心はあの二人を生まれ変わらせたのですね。二人にとってあなたは宝物だ、と仰っていました」

「宝物……」

「あ、そうそう、宝物はもう一つあるそうです」

「え？」

「雅美さんのお腹の中にね」

恵子の目から涙がこぼれました。

ブンも目を赤くしています。

「だからぁ、何があったんだ！　言え、ブン！　話さねえと公務執行妨害で逮捕するぞ」

「無茶言うな。何が公務だよ」とテル。

「ヘロシ君。人には人の幸せあり、だよ。大きな人生なんてないのさ。ただ小さな幸せがあるだけだって話さ」ブンが真っ赤な目を擦りながら呟いています。

「貴様ぁ！」

ヘロシだけが蚊帳の外の今夜の銀河食堂でございます。

マスターが笑みを浮かべています。

柱時計が十一時を打ちました。

お後がよろしいようで……。

むふふの和夫始末

『ぴい』

もうすっかり夏でございます。

やはりこの、夏と言えば怪談でございましょうか。

昔から、夏になりますと何故かお化け話に花が咲くようでございますな。

なにもゾッとしたからといって涼しくなるはずもないわけで、なかなか寝付かれない短夜の退屈凌《しの》ぎ、とでも申しますか、大した娯楽のない時代の名残の一つが「夏の怪談」でございましょうか。

そういえば子どもの頃に「肝試し」などやりましたもので。独りでお墓を通り抜けてくる、だとか、夜、神社の賽銭箱の近くに目印の手ぬぐいか何かを置いてくる、だとか。年長の子どもに命じられて嫌々出掛けると、これをまた別の年長の子どもが待ち受けて脅かしたりなんぞするというヤツでございます。

そのうち気の強い子どもなんかがおりまして、何も怖くなかった、などと言い張りますな。

お墓のことこことここに三人隠れているのは知っていた、などと肝の太いことを言っておりますと、ふと年上の子ども達が怪訝な顔になって、「隠れていたのは二人だけだ」と騒ぎになる。「え？　じゃあその、三人目は誰だ」とまあ大変なことになって、とうとう小さな子ども達が泣き出してしまうなどという、実にどうも肝試しには時々本物が交じっているらしいという、ちょいと怖いお話でございます。

さてさて東京では盆の最中という、「銀河食堂」のお噂でございます。

なんと銀河食堂のマスターが季節外れの風邪を引いたとかで、この町に店を開いてから初めて店を休みました。

何でも「気づかないうちに気管支炎を患っていた」のだそうで、高熱を発したのは初日だけで、お医者からもウイルス性の風邪ではないだろう、と言われたようですが、万が一お客さんに感染《うつ》してしまってはいけないというので、先週の金曜日から今週の金曜日まで、一週間も店を休んでおりました。

困ったのは常連達でして、曰く「いつの間にかこの店がないとどこへも行くあてがなくなってしまった」のだそうで、とはいえ病には勝てず、ひとまずマスターが元気になるまでの辛抱だ、と皆再開を待ち望んでおりました。

昨日の夕刻になりまして店の入り口に『鬼の霍乱《かくらん》』という見出しの、『ご心配をお掛け申し上げまして相済みません。明土曜日午後五時よりお店を再開致します。店主敬白』という貼り紙が出て、一同ホッとしたわけで。

それで普段は比較的お客の数も少ない土曜日ですが、本日は常連の顔で早くから席が埋まります。

「マスターもさ、自分だけの身体だと思わずに大事にしてくれないとさ、ほんっと元気でいてくれなきゃ困る俺達がいるんだからね」ブンこと菅原文郎など、マスターに説教を始めております。

「誠にお恥ずかしい」マスターが首の後ろを掻きながら、珍しく照れて謝っております。

今日は開店の時間にお母さんもお店におりまして、「まあどうも、このたびは大変ご心配おかけいたしまして相済みませんでございます」と珍しく客に声をかけたりなんぞしておりますが、その声のいいことに皆驚きます。

普段はカウンターの上に並ぶ料理を運んできては軽く会釈をするくらいでこう、つっとい なくなってしまうお母さんの声を、そういえば余りちゃんと聞いたことがなかったわけです。

さてカウンターの上には氷水に浸かった完熟トマトとキュウリ、水茄子などの旬の野菜に加えて、オクラのサラダ、おなじみポテトサラダ、雪花菜、豆腐などが並んでおりまして、魚の方はイサキの塩焼き、キスの素揚げ、鰻の蒲焼きも出てくる、そういうお店でございます。

「ウグイスみてーな声ってああいうのをいうんだな。マスター、お母さんあんないい声してんだねえ。俺モロキュウね」今日は何故か釜が損じて早じまい、だそうで、随分早く現れた名代十割蕎麦「吉田庵」店主のテルが目を丸くします。

マスターが柔らかに笑みを浮かべながらキュウリを氷水から引き上げまして端を落とし、すっと三方向に細く皮を剝いたあと大きく上下二つに切り、皿に赤味噌、麴《こうじ》味噌を添えてテルの前に置きます。

「あんなに綺麗な東京弁なんて久しぶりに聞いたわ。最近の若い子なんてイントネーションが気持ち悪いから何言ってるか聞き取れないし、こっちも聞こえなかったことにしてるんだけどね。あ、私はトマト」

ガリバーこと立花志野が大姪の美野、その亭主の田中美喜夫と三人連れで開店早々カウンターに並んで座り、東京弁について熱く語り始めました。

「すみませーん、こちら雪花菜とキスの素揚げお願いしマース」

「オクラのサラダも」

一方、もはや常連、保険会社のＯＬ橋本恵子に飯島さおり、柳井麻絢の三人連れも早くからカウンターの一等向こう側に陣取っております。

誰も彼も開店が待ちきれなかったようでございます。

そこへ明日は珍しく日曜日の非番に当たるのでしょうか、ジャージ姿のヲトメのヘロシこと安田洋警部が、見慣れない顔の男性を連れてカウベルを鳴らして入ってまいります。

一瞬皆が入り口を振り向きました。

「なんでえ、繁盛してんじゃん今日は。座るとこあるかい？」

「こっち空いてるよ」テルが声をかけます。

「あれ？」とヘロシの連れを見て声を出したのはブンです。「なんだよぉ、おめえ和夫《かずお》じゃねえの？」

「あっ。よおよお、ブン。何だよ、しっさしぶりじゃねえか。おめえ、一体何やってんだよ」

くどいようだけれどもこの辺りの人はヒとシが逆になったり、同じになったりするので、きちんとそちらで理解してもらわないと困ります。

和夫と呼ばれたのはヘロシの連れで、四つ木銀座にある老舗《しにせ》のジャズ喫茶「マイ・ブルー・ヘヴン（私の青空）」の二代目の主人を去年継いだばかりの箕浦《みのうら》和夫で、この男もテルやブンやヘロシと同じ木根川小学校、中川中学校の同級生の一人です。

ヘロシとは中学時代から部活動が一緒で仲良しですが、銀河食堂へは何故か今夜初めてやってきたのです。

「俺はコンピュータの点検とか修理で日本中飛び回ってるから」

「ああ、そんでなかなか会わねえのかぁ」と和夫。

「ここ、初めてなのか？」とブン。

「この店の評判は聞いてたんだけど、何せほれ、ウチの店なんざ昼間っから夜中までやってるだろ？　おまけに年中無休だから、なかなか来たくても来られねえってわけでさ」

肩をすくめて和夫が口をへの字に曲げて笑っています。

「この土日は店の電気系統のリフォームで休んでんだよ。それでね、このお店一度来たかったからヘロシに頼んで連れてきてもらった」

和夫は照れると「むふふ」と笑うので、子どもの頃からの二つ名は『むふふの和夫』だそうで。

「そっかあ、オヤジさんは元気かい？」とブン。

「おお、まだまだ元気でうるさくてしょうがねえ。まぁだマッキントッシュのプリアンプがどうの、ＪＢＬのスピーカーがどうのと、昭和から抜け出せないで口うるさいぜ。ま、でも、この時分にレコードだけって店は都内でもあんまりないからってよ、あちこちから噂を聞いたジャズファンが来てくれたっけどね」と和夫。

「オヤジさんには随分可愛がってもらったっけ」とブン。

ヘロシは金宮とホッピーで喉を潤す。和夫はまずは生ビール、なのだそうだ。

「そういえば、とうとうよ、あの家壊しちまうってよ」

ふと思い出したように、いかにもがっかりした顔でため息をついたのは、初手から赤ワインのテルです。

「どこの家を壊すって？」

脇からガリバーこと志野が乗り出します。

「ほら、空襲で焼け残った二丁目の」とテル。

「え？　あんないい家、壊しちゃうの？　文化財クラスよ」志野が驚いています。

ブンが天井を睨んでしばし考えていましたが、「ああ、あの化け猫屋敷か？」。

「おやめなさい、そんな言い方」と志野がたしなめます。

「志野さん、みーんなあの家のこと化け猫屋敷って呼んでるんだぜ」とブン。

「あらそう。私のことガリバーって呼んでたみたいに？」

「あちゃぁ。やぶ蛇だった」ブンが笑います。

「元気にやってたあそこのおばあさんがね、おじいさんが五、六年前に亡くなってから、急に元気がなくなっちゃったから気にはなってたんだよね」テルが大きなため息をつきます。

「おばあさん。若く見えたけど八十幾つだったか、今年に入ってから急に可愛くなっちまったらしいのよ」とテル。

「可愛くなったって？」ブンが聞きとがめる。

「そのくらい察しろよ。〝惚《ぼ》けた〟なんて言うより優しいだろ」ヘロシが小声で答えている。

「ああ、なるほどね、そういう意味かあ」ブンが痛い顔で頷きます。

「そうなのか。あそこの……跡取り娘の華子《はなこ》ちゃんが最近ちょくちょくあの家に帰ってきてたのはそういうことだったんだな」とヘロシ。

「え？　誰」とテル。

「岡田《おかだ》華子だよ。俺らより二級下の美人のホラ」とブン。

「ブンは美人のことになると妙に詳しいからな」とヘロシが笑う。

「そうそう。彼女確か巣鴨の方に嫁いだんだけど、この頃時々見かけるのはそういうことね」志野が頷いています。

「え？　今話してた化け猫屋敷って、お茶の先生の岡田さんのこと？」

今まで黙って聞いていた和夫が目を丸くして尋ねます。

「おうよ。この辺りじゃもう、あの家くれえじゃねえの？　空襲で残った家って。それも一番立派だったあの家がよ、解体だってさ」テルがまたため息をついた。

「盆、猫、家の解体って三題噺の怪談だな」とヘロシ。

「夏向きだねえ。家を解体したら謎の死骸が出たなんてな」ブンが茶化す。

「いやそりゃ、困る。そうなると俺の仕事になる」とヘロシ。

「バカ。そういうつまらないことを言うんじゃないのよ。猫が増えたのはご主人が亡くなってから急になのよ。特に増えたのは、この一年くらい。あのお茶の先生なさってらっしゃる千代《ちよ》さん、前から猫好きだったんだけどね。ご主人が亡くなってから、寂しいのでそこいらの捨て猫をみいんな拾ってきちゃっただけなのよ。そんな薄気味悪い言い方はやめなさい。千代さんのお父さんはね、昔ここの町会長だったのよ」とガリバーの志野。

「さすが民生委員」ヘロシが妙なところで頷いております。

「実は華子ちゃんのお母さんが早死にしたもんでね、千代さんの跡取りって、今は華子ちゃんしかいないんだよ」とテル。

「詳しいね商店会長」とヘロシ。

「へ？　華子ちゃんってあのおばあさんの娘じゃないの？」ブンがひどく驚いております。

「違うよ。孫だよ。歳が違いすぎるだろうよ」とテル。

「ああ、皆さん、ちょいと事実と違うところがある」先ほどから黙って何かを考えていた和夫が言いました。

「なんだい、急に。何を思い出したんだよお。まさかおめえ、華子ちゃんとよ、昔なんかあったなんてんじゃあねえだろうなあ」下卑た声でブンがわざと和夫を真似てむふふ、と笑います。

「あの家は解体しねえ。修繕はするようだけども、後はその……お孫さんが戻ってくるってさ」和夫、なかなか事情に詳しいようで。

「ああ、そうなの」とヘロシ。

「実は五年ほど前に、あることがあって……あそこの家によくお邪魔したもんでね」

思いがけない和夫の話に皆興味を持ったようでございます。

「五年前？」

「……そうそう、『ぴい』だった」和夫が膝を打ちます。

「ぴい？　なんだあ？　そりゃあ」

一斉にみんなが聞き返す。

柱時計が午後七時半の鐘をボオン、とひとつ打ちました。

「女の話じゃねえよ。ジャズの話ったって、おめえらじゃちんぷんかんぷんだろうがよ。聞くかい？」和夫が勿体付けます。

「なんだよ、面白ェ話なのか？」とヘロシ。

「面白いも何も、おめえ、この話はまあ……一種の怪談だなあ」

「怪談〜〜〜」向こうで恵子、さおり、麻絢の女子三人がユニゾンで叫んでおります。

「怪談化け猫屋敷ってか？」とブン。

「そういう妙なこと言わないのよ」志野がたしなめております。

「いいじゃねえか、この季節、そういう話が聞きてえな」とテル。

「マジでちょいと怖いぜ」と和夫。

「その……ぴいが？　いいねえ、受けて立ちましょう」とブン。

「マスター、その前にワインお代わりね」生唾を飲み込んだテルが、少し掠れる声でそう言いました。

「いいかい。これは本当の話だぜ」和夫がむふふと笑ったかと思うと、生ビールで口を湿らせてから、こんな話をした。

*

五年ほど前の、梅雨に入ったばかりの昼下がり。昼時を過ぎたら、夕刻まで余り店の客は多くない。

和夫はまだその当時は勤め人で、といっても同じ町内で親類のやっている不動産屋の手伝いのようなことをしていた頃だ。それで仕事が休みの水曜日や土日の手の空いた時間には、実家のジャズ喫茶の手伝いをしていた。

食事に行ってくるよ、と父の康一《こういち》が出ていってすぐのことだから午後二時過ぎ、その日は土曜日だった。

こんにちは、こんにちは、と入り口で声をかける人がある。

「はい？」と返事をすると、老女が立っており、「ええと、康ちゃん……あの……康一さんは」。

「今、出掛けておりまして、代わりに承りますが」

「あのう、つかぬことを伺いますけれども」

「はあ？」和夫が首を傾げると、「あなたはジャズにはお詳しいんですの？」と聞く。

「あ、詳しいのはやはり父ですが」と言うと、「そう？　あのね……およろしければ、すこうしご相談申し上げたいことがあるんですけれども」と言う。

何せジャズの店と、もう八十歳近い老女とが結びつかずに首をひねった。

「どういうご用でしょう」と聞くと、「うちにあるジャズのレコードを見ていただけないかしら」と言う。

「お売りになりたいのですか」と尋ねると、「いえ、そういうわけじゃございませんのですけれども」などと言う。

咄嗟にああ、なんだか訳ありだなあと思うから、「では父が帰りましたら言っときます」と答えた。

老女は嬉しそうに笑って、あそこの角のたばこ屋の隣の……茶道教授の岡田です、とわざわざ念を押して去った。

「岡田さんのおばあさんが来たよ」と言うと父は首をひねった。

「岡田さん？」

「そこの角の、ホラ、たばこ屋の隣のお茶の先生の岡田さん」

「ああ、千代ちゃん。へえ？　何だろう」

「何でもジャズのレコードを見てほしいって」

「ほぉぉぉ」

呻くようにそう言うなり、父は押し黙った。

「え？　何だい？」

和夫が尋ねると、父は大きなため息と共に、へえ、と言ったきりしばらく腕組みをしていたが、ふと、「やっと……そうかぁ……とうとう鉄太郎《てつたろう》さんのが出てくるのか」そう呟いた後、和夫に向かって掠れるような声で言った。

「お前、運がいいな」

「鉄太郎さんって誰だい」

父の康一は暫く言葉を探していたが、真面目な顔をして、「鉄太郎さんは……」また言葉を探し、声を絞り出すように言った。

「英雄だ。ここらじゃ……英雄だった人だよ」

「英雄？　どゆこと？　有名なコレクターだったのかい？」

和夫が幾ら尋ねても父は、「いやあ、とうとう……出るか」と頷くばかりだった。

＊

「ああ！　鉄太郎さん！　懐かしい名前を聞いた」急にガリバーの志野が声を上げげます。

「誰？」と美野。

「岡田さんの……千代さんのお兄さんよ。私は終戦間際に亡くなった鉄太郎さんとは直接会ったことはないけれど」

「志野ちゃん、その……千代さん……って？」好奇心の強い美野が目を輝かせております。

「この辺りでは岡田さんのお宅は名家でね、代々この町を代表するようなお仕事……お仕事といっても世話役のようなことだけど……ずっとなさってたお宅なのよ」

「なるほどあの家って名家なんだな。だからあんなに立派なんだ」ブンが幾度も頷いて合点しております。

「志野さん。その……鉄太郎さんが英雄って？」とテル。

「ああ、英雄っていきさつは……私もよく知らないけど、有名な人ってことは確かね。ホラ、鉄太郎さんの妹の千代さんと私は一回りほども歳が違うからそんなに接点も多くはなかったんでねえ。私の知る限りだと、鉄太郎さんはこの町の伝説的な秀才で、東京帝大医学部始まって以来の成績って言われたらしいわ」

「ていだい？　って帝京大？」とブン。

「バカかお前。昔の国立大学のことだよ。当時日本は大日本帝国だから帝国大学。常識だろが」とヘロシ。

「へえ？　常識なんだ」ブンが頷く。

「あの」と向こうの席から〝まさかのお恵〟こと保険会社ＯＬの橋本恵子が手を挙げます。

「その当時、東京帝大医学部の秀才って、凄いことだったんですか」

「今なら東京大学医学部ってこと」と志野。

「すごーい」麻絢が恵子の隣で興奮して叫んでおります。

「なんかわからねえけどすげえな」とブンが目を丸くしております。

「そりゃおめえ、中川中学同学年学力百三十七位とは違わぁ」とテル。

「何だよふざけんな百二十九位だよ」ブンが言い返しております。

「一クラス四十五人編成で三クラスしかなかったんだから、いずれ大したこたぁねえ」ヘロシが吹き出しました。

「それで？　ぴいの話はどうなる、おい」テルが急かします。

「そうそう、面白そうじゃねえか」とブン。

「おい。これって怪談なんだよな」とヘロシ。

和夫がむふふ、と含み笑いをして言いました。

「長くなるぜ」

＊

岡田千代が和夫の父の経営するジャズ喫茶マイ・ブルー・ヘヴンを訪ねてきた、その翌日の昼のこと。和夫は父に聞いた。

「岡田さんの相談って何だろうね？」

「さあな」

父の康一はなんとなく素っ気なかった。というより、敢えてその話には触れたくないようだった。

「岡田さんのおばあさん、ジャズのレコードを見てほしいって言ってたんだぜ。オヤジ行ってやってくれよ」

「いや。お前は運がいいって言ったろ。昔からあの家の……鉄太郎さんのレコードのことは有名なんだが……よっぽど大切にしていたんだな、俺達が幾ら頼んだって、絶対見せてくれなかったんだ。それをわざわざ見てくれって頼みに来たってことは、俺には大事件だよ」

「だ、大事件かよ。じゃオヤジ行けよ」

「いや。千代ちゃんが来た時にお前に頼んだってことは、お前に行けってことだ。神様がお前を選んだんだろう。いいか世の中はな、そういう風に出来てるんだ」

「意味が分からねえ。オヤジが行った方が早いに決まってるだろ」

「いや違う、そういう運命なんだよ。お前が行け」

「俺じゃ用が足りねえだろよ。ジャズ詳しくないし」

「さあ、用が足りるか足りねえかは知らねえが。勉強してこい」

勉強してこい、という一言が和夫の背中を押した。なにせ小学校から大学まで、只の一度も勉強しろ、と言ったことのない父に初めて言われた。

一つ深呼吸をした後、康一に聞いた。

「オヤジは鉄太郎さんって人を知ってるのかい？」

「うん……」

康一はふと黙り込み、目をつぶって腕組みをしていたが、逃げるようにレジ台の向こうに入る。

「なあ……鉄太郎さんっていう人はどんな人だったんだい」

康一は言葉を探すようにしてから、「恩人の一人さ……鉄太郎さんって人は俺にジャズを教えてくれた人でね。だから鉄太郎さんのレコードって聞くだけで俺はね……たまらねえ」

そう言って父はまた黙った。

「よく知ってるの」

康一は指折り数えるようにして、「俺が……八つか……九つだったかなあ……可愛がってくれたんだよ」呻くようにそう呟いた。

「戦争中の話かい？」

「そうだ。戦争の話は……したくねえ。ただな、鉄太郎さんがいなけりゃ俺はこんな仕事をしてねえ」

「え……。そりゃ、すげえ……。ふうん……鉄太郎さん……かあ」

父と鉄太郎さんとの間に何があったかは知らないが、父にとっては大切な人のようだ。そしてその『戦争』との関わりからか、その人の思い出を自ら掘り起こしたくないようでもある。

そんなことを慮《おもんぱか》って和夫は決心して父に言った。

「じゃあ、俺が行ってみるよ」

「それがいいよ」

「でも……分からねえことがあったら聞くぜ」

「あたぼうよ」父はやっと少し笑った。

鉄太郎さんがいなけりゃこんな仕事はしていない、という父の一言が胸に響いた。少なくとも父は鉄太郎さんからジャズの「何か」を教わったのだ。

それが何なのか父は言わないが、もしかしたら岡田さんの家に行けばその答えが分かるかもしれない。

それで、その日の午後になって出掛けた。

岡田さんの屋敷はもう百年近く経っているという古い建物で、なんでも東京都とか葛飾区の方で文化財指定をしたがっていたのだけれども、文化財にすると修繕一つ自由にならないらしいと聞いた千代が固辞して、そのままになっている。

東京大空襲の時、ここいらは殆ど焼けたが、奇跡的にこの商店街の一角の数軒だけ焼け残った。思えば関東大震災にも耐えた家ということになるわけで、この辺りでは奇跡の家の一つなのだ。

岡田家を訪ねるのは初めてなので、少し緊張した。

ガラス格子の古い引き戸の玄関の脇には煤《すす》けたような古い看板が掛けてあって、『裏千家茶道教授』とある。

この町に住む、ある程度の年齢の人にとっては馴染み深い「お茶の先生」だったが、今は生徒も殆どいないようだ。

その看板の近くにインターフォンではなく古くさい押しボタン式の呼び鈴があった。

少し躊躇ったあと、和夫はおそるおそるボタンを押してみた。すると遠くで微かに「ジー」というブザー音がして、やがて家の中で誰かが動く気配がする。

ひどく長い時間に感じられた。

手持ち無沙汰を紛らすように空を見上げると、梅雨前線のせいなのか、低気圧が近づいているのか、面妖《めんよう》な黒い雲が西の空を覆い始めている。

京成電車が荒川放水路の鉄橋を渡る音が、風に乗って妙に大きく聞こえた。

「はあい、どちら様？」

「ジャズ喫茶の箕浦でーす」

「あら、まあ」

それからなにか慌てるような音がして、やがて千代が引き戸を開いて現れ、「どうもありがとう。ごめんなさいね、ご無理をお願いして」申し訳なさそうにそう言った。

「はあ、いえ……」

「年寄りの一人暮らしですので酷く散らかっておりますけれども、どうぞお上がりくださいましな」

玄関を入るとすぐに、上がり框《がまち》の所に飾ってある生花が目に入った。

渋い黒竹《くろちく》の一輪挿しから、綺麗な蛍光色のような紫色の花がたった一輪、ゆるりと垂れ下がって活けてある。

靴を脱いで上がると奥へ半間《はんげん》幅の廊下が真っ直ぐに四間ほど延びており、どうぞ、と千代が先を歩く。

他に人気はない。

千代は散らかっていると言ったが、整然として見える。

廊下の突き当たりの板戸を開けるとその先は十二畳ほどの広い奥座敷で、その部屋の真ん中に重そうな木で出来た大きくて低い座卓があって、上座に座布団が敷いてあり、そこに案内された。

その奥には外から見ただけでは想像出来ない、小さいけれども綺麗な庭があった。まさかこの辺りにこれほど立派な庭のある家があるとは思わなかったので、びっくりした。

枯山水、というのだそうで、「ここいらは水が悪いから、池を作りますと、虫が湧いていけませんので」と千代は言い訳をするようにそう説明した。

床の間を振り向くと、南画らしい墨絵の軸が掛けてあったが、それが何なのかは和夫には勿論分からない。

ただ梅雨時なのに案外部屋の中は湿気がなく、涼しいのに驚いた。

庭には大きな石が幾つか任意に置いてあるようだが、専門家が見ればなにやら意味があるのだろう。また、踏み石が置いてあるけれども、おそらく庭師以外がそこを歩くことはないのだろう。

ぼう、とそんなことを考えていると千代が現れて茶が出た。

「康一さんはお元気なんでしょう？」

「あ、はい。どこも悪くなくて、とても元気です」

様子の良い茶碗に抹茶。

『裏千家　茶道教授』という看板を思い出してどぎまぎしていると、「形はどうでもよろしゆうございますよ、どうぞ召し上がれ」と千代が言う。

遠くで稲妻が光った。

そこへ、どこからともなく大きな白猫がゆらりと現れ、庭に面した広縁に座ったかと思うと、ゆっくりこちらを振り返った。

ひゅうう、と風が吹いた。

＊

「つたく焦れってえなぁ、てめえの話はよ」ヘロシが焦れておりますな。

「思い出しながら順を追って話してるんだからよ」と和夫。

「やっと怪談らしくなってきやがったけど」とテル。

「そうだよ、おめえ。ここまで聞いてやっとばばぁん家《ち》の中まで入ったばかり、っつうんじゃしょうがねえじゃねえか」とブン。

なんとも品の悪い言い方ですな。

「あなた、私のこともよそじゃ〝ばばぁ〟なんて言ってるね」志野がじろりとブンを睨みますと、「いやいや、ホラ、そんなことないって。志野さんは……志野さんさ」ブンがしどろもどろになっております。

「へえ。おれさ、岡田さんの家には出前に行ったことはあるけど、一度も中に入ったことはないんだよ。あ、そう。奥にそんなに綺麗な庭があったの？」テルが大きく目を見開いて幾度も頷いています。

「枯山水ですかあ」カウンターの向こう側で、恵子がため息混じりに言います。

「うん、枯山水」返事はしたが、実際のところ、池の有る無し以外に何が山水で何が枯山水か、和夫にはよく分かっていないようでして。

「枯山水の庭って、京都以外にもあるんですか？」麻絢が聞くと、「どこにだってあるわよ」と、さおりがこともなげに答えております。

「え？　たとえば？」と麻絢が突っ込みますと、「そりゃあ、あれよ……色々よ」としどろもどろ。

「あっちこっち？」

「うん、あっちこっち」

「へえ」

さおりが慌てて誤魔化しますのを見て、志野と美野、それに旦那の美喜夫が吹き出しております。

「そりゃいいけどよ。おめえこの話、これから怖い話になんのかよ」とブン。

「いや、怖いっていうか……」と和夫。

「怖くなかったらグウで殴るぞ、てめえ」ヘロシが妙に凄みを利かせて訳の分からない脅迫をしております。

「マスター、ワインお代わり」テルが笑いながら言いました。

「こりゃ、当分終わる話じゃあねえな」

「ですねえ」マスターが穏やかに笑いました。

柱時計が八つ鳴りました。

*

奥座敷から南向きの庭を見ると、右手に細い階段がある。その階段を上がった部屋にそのレコードがあるというのだ。

ともあれ茶を一服いただいた後、千代に従って思っていたより広い階段を上り、六畳間に入った。この部屋の大きな窓からは商店街の通りを見下ろすことが出来た。

そして、なんとその部屋の押し入れはきちんと間仕切りがしてあり、そこにざっと二千枚以上のレコードが並んで立ててあった。

「これ……ですか」和夫が言葉を失って立っていると、「実はこれは全部兄の鉄太郎が残していったものなのです」。

「はあ、これをどうされたいのでしょうか」

「あの……実はその……」

千代は言葉を選びながら言った。

「実は……この中に、大切な曲が入っているのです」

「大切な曲……ですか？」

「はい。兄が生前、最後に聴いた曲なのです。十二歳だった私も確かに聴きました。でも、終戦のどさくさのあと、ここにレコードをまとめたのはよいのですが、兄が最後に聴いた曲がどれなのか題名すら知らないのです」

「はあ」

「実は先日ね……私が死ぬ時に……その曲を流してもらいたい、と思いついたのだけれど……どの曲だったか分かりませんから……それを探したいと思ったのだけれど……何しろ私一人ではどうにもならなくて……」

「お兄さんが……最後に聴いた曲を探す……のですか？」

「ご面倒なことですが」

「はあ……」

じゃあプレーヤーに乗っけてどんどん自分で聴けばいいのに、と首を傾げたが、目の前にある機械を見て和夫は愕然とした。

大きな喇叭《らっぱ》付きの蓄音機がそこに置いてあったのである。

「あの……これは」

「このレコードは全部ＳＰ盤で、今時の機械ではなかなか聴くことが出来ないのだそうですね」

「ですねえ」

一分間に七十八回転というＳＰ盤が二千枚以上。

「ですから、昔の機械で聴くしかございませんでしょう」

まあ、そうですね、と言いながら、この時ようやく理解出来た。これを聞かせてほしいという頼みなのだ。

なるほどオヤジには頼みにくかったのだろうか。ゼンマイを巻くには力も要る。しかも竹針で聴くものだ。

固いゼンマイを巻いてレコードを掛けても、五分ほどでゼンマイがほどけてしまうからそのつど巻き直さねばならないし、竹針は一枚聴き終わるたびに付け替えるか専用のカッターで削らないと盤が傷むし音も悪くなる。

しかし、聴く作業が面倒な代わり、演奏家が直接演奏した物をそのまま焼き付けてあるから、デジタル録音とは全く違う、雑音も含めてまさに生音のように奥行きのある、馥郁《ふくいく》たる音がするのだ。

取っ手を廻してゼンマイを巻き、このアームの先に竹針を取り付け、一枚ごとにゼンマイを巻き直し、竹針を付け替えて聴くといった作業は、老女には、力も要ってとても面倒で大変な作業だ。

しかも二千枚以上あるレコードの中から、その思い出の曲を探し当てようというのだ。これは途方もない作業になりそうだ。

さて、鉄太郎という人がいつどうして亡くなったのかさっぱり知らないが、万一探し当てたとしても、確かにその曲だと、この老女の耳は記憶しているのだろうか。

様々な思いが和夫の頭の中をよぎる。

「あの……お願い出来ますでしょうか？」

千代の言葉で我に返る。

「あの……大したお礼は出来ないんですけれども」

和夫の奇妙な正義感というか持ち前の情に火がついた。

「ああ、いやいや、礼なんか要りませんよ。正直に申し上げると、この機械を触るのは初めてですから上手くいくか分かりませんが、勉強のつもりでやってみましょう」

和夫は背筋を伸ばしてそう返事をした。

そして改めて震える手で、落としたら簡単に割れてしまうSPレコードを一枚取り出してみた。それから他の数枚のレコード盤を見てみたが、驚いたことにどのレコード盤も割れてもおらず、黴《かび》もなかった。

数十年も放っておいたのに黴びていないというのは、奇跡的なことではないか？

SPのレコード盤はとにかく黴びやすい。保管状態が良かったとしか言えないけれども、それはまさに偶然が重なっただけなのだろうか。

おそるおそる一枚を取り出してターンテーブルに置いた。

ジャケットの文字を目で辿ってモーツァルトの『魔笛』の「序曲」だということだけはどうにか分かった。

アームの先に竹針を装着するのに少し手間取ったけれども、ちゃんと付いたので取っ手を廻してゼンマイを巻き、震える手を励ましながらアームをレコードの上に置いた。

想像していたよりもかなり大きな音がする。しかも驚くほど温かでいい音だ。

雑音は仕方がないが、数十年の時間を越えて録音時の演奏家の息づかいまで蘇るようだ。

「この曲ではありません」

千代は、ゆっくりとかぶりを振ってため息をついた。

その時どこからともなく先ほどの大きな猫が現れ、ゆらり、と大きなホーン喇叭の正面に来たかと思うと、あたかも聴き入るように小首を傾げてそこにじっと座った。

「ぴい」とその時千代が呼んだのは、おそらくその猫の愛称だったろう。猫も音楽に耳を傾けることがあるのだな、と首を傾げた。

昔ポスターで見たビクターの犬のようだな、と思って慌てて機械をよく見たら、本体にVictor Phonographと書いてあったから思わず吹き出しそうになった。

猫は和夫が帰るまで喇叭の前から動かなかった。

二時間ほどの間に竹針を替え、ゼンマイを巻き、とっかえひっかえ手当たり次第に二十枚ほど聴いているうちにその作業には慣れたが、千代の探している曲は見つからず、その日は諦めて家に帰った。

翌朝、食事を摂りながら父にその話をした。

父は興味深そうに幾度も頷きながら聞いた。

「そうかい。二千枚以上あったか。すげえお宝だなあ。そうかい、鉄太郎さんのレコードを見られて、お前幸せ者だな」

本当は身もだえするほど自分が行きたかったに違いないと思うのに、わざわざ和夫に任せたというところに、父の何か大きな思いがあるのだろう。

「そうなんだけど、鉄太郎さんっての？　千代さんのお兄さんが最後に聴いた曲を探してほしいってんだよ」

「へえ。鉄太郎さんが最後に聴いた曲を？……探してほしいって？……へえ……そうかい」

遠くを見るような目をして父が言った。

「思い出せるもんなら俺も思い出してえが、俺ぁあの頃、まだガキんちょだったからなあ」

「いやいや、オヤジ。ありゃ全く大変だぜ。二千枚じゃぁきかねぇ数のさ、しかもSPレコードだぜ。おれ、昨日二時間くらいでやっと二十枚聴いてもらったけど、当てずっぽうに聴くわけだから当たりっこねえし。埃だらけのもあるから、固く絞った布巾でそおっと拭きながら一枚ずつ掛けるだろ？　それにさ、竹針なんか一枚で使えなくなるからカッターで削りながらだろ？　参ったぜ」

「ふうん。それだけかい？」ふと父が冷たい声で聞き返した。

「何が？」

「お前の感想はそれだけかって言ってるんだ」

「感想って？」

「埃と竹針と面倒と、それだけか？　だからお前は駄目なんだよ」

言葉を失って父の顔を見ると、ニヤリと笑って思いがけないことを言った。

「俺達が何遍見せてほしいって言っても千代さんは見せてくれなかった。それほど大切にしていたんだ。いいか、鉄太郎さんのコレクションのＳＰ盤が二千枚ったら宝の山だ。グレン・ミラーがあったはずだ。トミー・ドーシーがあったらシナトラがあったはずだ。それも当時の録音形式を考えてみろ。全てライヴなんだぜ」

「あ……」声が出なかった。

「なのにお前は言われるままに、あ、これじゃないんですか、ああ、これも違うんですかって、何にも考えずに掛け替えるばかりで、鉄太郎さんの残した宝の価値に気づかねえとしたら、よほどのバカってことさ」

「おれ……ジャズのこと……よく知らねえからさ」

「知識のことを言っているんじゃねえ、興味の問題だ。あそこにあるのはな、ジャズばかりじゃあねえはずだ。クラシックだって流行歌だってあるだろう。お前は言われるまんまにレコードを掛けることばかり考えていたんだろう。二千枚もあればどうでもいいものもあるだろうが、間違いなくあの中には歴史的な名盤が交ざってるはずだ」

和夫には返す言葉もなかった。

それから父は暫く黙っていたが、また遠くを見るような目になって、「鉄太郎さんが……最後に聴いた……か」と呟いた。

ああ、父は本当に音楽が好きなのだ。

それに比べて俺は父の仕事を、ただの商売としか考えていなかった、と和夫は反省した。

よし、と和夫は思った。岡田さん家のレコードに音楽を教わろう、と。

その時、和夫は父の店、マイ・ブルー・ヘヴンを継ぐ決心をした。

*

「いやあ、さすがにお前のオヤジは一流だね」ブンが妙に納得しております。

「ジャズ一筋七十年だからなあ」とヘロシもため息をつきます。

「一体何が原因であのオヤジのジャズ魂に火がついたのかな、と思うことはあるよ」和夫が妙に真面目な顔でそんなことを言います。

「子どもの頃に鉄太郎さんに、何かを教えられたんだと思うわ」

志野が美野と美喜夫に向かってふとそんなことを呟いております。

「なあ、グレン・ミラーって、昔、映画になった……あれだろ？」とテル。

「そうそう、よく知ってるじゃん」と和夫。

「その実物のレコードがあるってことはそりゃ、いつ頃のコレクションなんだろ、マスター？」テルが少しばかり赤みの差した頰でそう言う。

「もしかしたら一九二〇～三〇年代の宝物があるかもしれませんね」

マスターがゆっくりと息を吐き出しながらそう言いますと、「そうだろうなあ」それぞれが頷いております。

「しかもライヴ」と和夫。

「そっか。生演奏の振動をそのまま原盤に刻んだ時代だからな」ブンがコンピュータ屋らしいことを言っておりますな。

「一九二〇～三〇年代って今から百年近く前でしょ」と麻絢。

「そっか、そうなるね」とさおり。

「そうよね。そんな昔にレコードなんてあったのかしら」と恵子。

「だから価値があるのよ。レコードっていうメディアの黎明期のものなんだからね」カウンターの向かい側から志野が答えます。

「三〇年代ってアル・カポネの頃だろ？」とテル。

「そう。アメリカは人類の恥〝禁酒法〟の時代」とヘロシ。

「で？　見つかったのかい？　そのレコード」結論を急いでいるのはブンです。

「おう、それによ、こいつは怪談話じゃなかったのかよ」とテル。

「バァカ、そんじょそこらの安っぽいお化け話たあ、品も格も違うんだぜ、この話はよ。こつからが凄いんでえ」と和夫。

「おい、ちょっと待て、俺が帰るまで待て」ヘロシが慌てて手洗いへ走り込んでゆきました。

＊

それから和夫は毎日というわけにはいかなかったが、二日か三日に一度は昼の仕事が終わった後、千代の家へ行き、茶を振る舞ってもらってから二階に上がってレコード探しに入った。

音が鳴り始めると大きな白猫のぴいが現れて、またスピーカーの前に座る。

毎度となると偶然とは言い難い。この猫は確かに音楽を聴きに来る。

和夫はどちらかというと猫よりも犬の方が好きで、犬は陽気だが、なんだか猫は陰気で、と友達に言ったこともある。

それでもこのぴいだけは陰気な感じがしない。我関せずは猫の本性だが、そのマイペースが不愉快ではなかった。

生き物はこちらが嫌えば向こうも嫌うが、気に入ると向こうも気に入る。

ぴいも和夫の側に来て懐くように座るようなことがあった。

単純作業続きで、一向にその曲が見つからないではいるが、それはそれで何だか楽しくってきた和夫にはもう苦痛ではない。

胸のうちに、その大切な「思い出の曲」を父に代わって自分が見つけてやろうという決意があるから、少し焦るような思いも湧く。

でもまあ、二千枚だろうが三千枚だろうが、この中にあると決まっているのであれば、そのうちに見つかるだろうと開き直って二十日ほど経った日のことだった。

その日は昼の仕事が休みの水曜日だが、夜に店の方で用事があったから、昼過ぎから二時間ほどレコードを探す手伝いをした。

まあ、とにかく暑い日で、風もそよとも吹かぬ。

空調のない二階の部屋で噴き零れるように汗が湧いてきて、手ぬぐいがびっしょりと濡れた。

今日も見つからずに諦めて下の奥座敷に戻るが、幾らその部屋がひんやりとして涼しくとも、既に七月も半ば近い。

「ごめんなさいね。また今日も無駄足でしたわね」

茶菓子と薄茶を運んできた千代が、「私ね、歳を取ったせいかしら、このところよく昔のことを思い出しますの。ただ、最近のことは忘れっぽくなって」少し情けなさそうな顔でそう言った。

「家を出た途端に、あれ、ガスは消したかしらとか、鍵は掛けたかしらなんてしょっちゅうなんですのよ。少し惚けたのかしらって……」

「あ、そんなことは、僕らにもありますよ。財布忘れたのを店で気がついたり、友達に会ったら言わなくちゃってことを、顔見たら忘れるなんてしょっちゅうですよ」和夫が千代を励ます。

「でも、昔のことなんかは鮮明に覚えていることがありますの」

「僕なんか、昔のことは忘れたいことばかりですけどね」

和夫が冗談を言うと千代は声を出して笑った後、突然こんなことを言った。

「実はあの……兄の歌のことや……色々思い出したことがあります」

突然の言葉に和夫は、息を呑んだ。

「え、今……『歌』って……おっしゃいましたか？」

「はい」

「あ……その曲って……歌だったんですか」

「あ、はい」

「じゃあ……誰かが歌っているのですね」つい大声になる。

「はい……歌でした」

「あ！　そりゃあすごい。それは大ヒントですよ」

千代の顔がぱあっと明るくなった。

「さようですか？」

『歌』というカテゴリーに絞ることが出来れば、これは案外早く見つかるかもしれない、とワクワクしてくる。

和夫もその曲を早く聴きたいという気持ちが強くなっているのだ。

「どんな感じだったか……ああ。そうか、難しいですね、その調子で、なにか更に具体的なことを思い出していただけるともっといいんですけど」

「具体的……ですか？」

「そうですね、印象に残ったメロディ……歌なら言葉とか……もしかしたら楽器の音とか……何でもいいんです。ヒントが多ければ多いほどその歌に早く近づけますから」

こうなると和夫は勇気百倍だ。

「何でもいいですから、思い出したら言ってくださいね」

「はい」

千代はそう答えると、少し考える仕草で視線を泳がせていた。

とても長く感じられた。

さあっと庭の方から風が入ってきて、床の間の掛け軸が揺れ、象牙らしい風鎮が壁に当たって微かにコトン、コトンと音を立てる。

遠くで京成電車が荒川の鉄橋を渡ってくる音が聞こえる。

どこかの小型犬がキャンキャンと吠える声がする。

千代の点ててくれるお茶はいつも本当に美味しい。茶菓子も選び抜かれた品のようで、甘い物より酒が好きな和夫だが、毎度美味しいと思う。

「美味しいです」

和夫が呟きながら茶を飲んでいる間、千代は俯《うつむ》いて首を傾げるように何か考えていたが、やがて微かな何かを見つけ、その細い思い出の糸をたぐり寄せるようにしていたかと思うと、不意に驚くことを言った。

「バイバイっていう歌でした」

和夫には自分の生唾を呑む音が聞こえた。

「バイバイ……ですか」

千代はやや不安そうにだが、細い記憶の糸をたぐり、励ますように言った。

「はいそれが……綺麗なメロディだったのですけど何とも悲しい調子の歌で……ですから兄が亡くなった後は聴く気も起きませんでしたの」

敬愛している兄が最後に聴いた曲、と言われただけでこちらは胸が詰まる。だからこうして懸命に探す気になっているのだが、自分の記憶力や生命の火が不安になり始めている千代には切実なのだろうと思う。

「おそらく辛くって、私自身が記憶の一部を取り外してどこかに置いてきてしまったのかもしれませんね」

なるほど人間の脳にはそういう切ない機能がついているのかもしれない、と和夫は思った。

「それが、あなたが来てくださるようになりましてから、いろいろ、すこうしずつだけれど思い出すこともあるんですの」

それから千代はもう一度小さな声で、「そう。バイバイ……って」と言った。

一瞬ときめいた和夫は、今度は少し冷静になって途方に暮れた。バイバイなんて歌詞の歌は、一体世の中に何万曲あるのだろう、と。

　しかし、冷静な振りをして慰めるように言った。

「それは……凄いヒントです」

その時、今度は先ほどより強い風が吹いた。

掛け軸がカラカラ、と何度も音を立てる。

そこへ猫のぴぃがどこからか現れ、みゃう、と一声鳴いたかと思うと、ゆっくりと歩いて階段の下にぴたりと座り込んで二階を見上げた。

　何を見つけたのだろうかと横顔を見ていると、ぴぃはそのまま固まったように身動きひとつしなくなった。

　まるで置物のようだった。

「あら？」

ぴぃに気づいた千代は妙なことを聞いた。

「あら、いけない、今日は十三日でしたかしら？」

「え？　あ、今日ですか。そうです、七月の……十三日ですよ」と答えると、「あらまあ……すっかり……」そう言いかけて立ち上がり、「相済みません、お引き留めして、ごめんなさいね」と言う。

和夫に暗に早く帰ってくれ、と言っているような態度でもある。

それを察して、「あ、それじゃ今日は失礼します、明日は……」と言いかけるのへ、「ありがとうございました。そうそう、お盆でしたのね。ですから十六日まではお休みにいたしましょうか。お盆はどうぞゆっくりなさってくださいませね」と言う。

「あ、じゃあ、明々後日《しあさって》までは来なくてもよろしいですか?」と聞くと、「はいはいごゆっくりなさって。ほんとうにどうもありがとう」と何だか追い立てるように言う。

立ち上がってお辞儀をし、それから気になって振り返ってみて息を呑んだ。

猫のぴいはあれからじっと二階を見上げて座ったきり、微動だにしない。

この時になって初めて和夫の肌が粟立った。

二階に誰かいる。

＊

「よおよお。面白くなってきやがったね、どうも」ブンが粟立った二の腕をさすりながらちょっと便所、と立ち上がります。

「古い卵だなあ」とテル。

「どういう意味ですかぁ」さおりが向こうから聞くのへ、「きみがわるい」そう答えると、さおりはがっかりした顔で、「座布団一枚」と言った。

　どっと笑い声が響いております。

「真面目な話してる時にそういうつまらないギャグを言わない」

志野が笑いもせずに睨んだので、テルが肩をすくめます。

「それにしてもおめえさあ」テルが感心したように言った。

「話うまいね。なんか、惹きつけられるね」

「稲川淳二ばりだな」とヘロシ。

「たしかに。私達、帰るきっかけをなくしちゃったわね」

志野の呟きに恵子とさおりと麻絢が反応している。

「たしかに〜」

　マスターがそれぞれの目の前に飲み物のお代わりを差し出しながら、ひじきに人参、蒲鉾を甘辛く煮た小鉢と自家製のポテトチップスを配るように置いた。

「これ美味しい」さおりがひじきを一口食べて呟いている。

「ひじきダイエットってあるんですって？」と麻絢。

「嘘……そんなの知らない」と恵子。

「あなた達、そんなに痩せてスタイルいいんだからダイエットなんて考えなくていいの。バランスだけ考えなさいな」と志野。

「志野ちゃんと違ってみんなそういうのが気になる年頃なのよ。三百グラムでも増えたらがっかりするのよ。ねえ」と美野。

「たしかに～」また三人がユニゾっている。

「で？　バイバイって歌、どうなった？」テルが酒の回ったような赤い目をしながらそれでも冷たい水を頼み、握りしめて聞いている。

「ああ、そうそう、そのバイバイだけどね」

「お待たせー」ブンが慌てて手洗いから戻ってきた。

和夫の話は佳境に入る。

＊

翌日は不動産屋も盆休みだったので、朝から両親と共に家の菩提寺の木根川薬師へ墓参りをした。

家に帰って母が切ってくれた冷えた西瓜《すいか》を食べていると、父の康一が不意に和夫に言った。

「おい。下手な考えなんとやら、だぜ」

「え、なんで？」

「お前、子どもの頃から悩んでる時はおんなじ顔するなぁ」康一が思わず吹き出すようにそう言った。

「うっせえなぁ」照れてそう言うと隣で母が声を出して笑った。

「何か悩んでんの？　お前」母の言葉を遮るように和夫は言った。

「いや、実はねオヤジ。千代さんが凄いことを思い出したんだ」康一がふと真顔になる。

「へえ？　凄いこと？」

「おお。例の曲……『歌』だったってさ」

「ああ、鉄太郎さんの」

「しかもさ、〝バイバイ〟って歌だったってんだ」

「バイバイ？」脇で母が怪訝な顔で聞く。

「お袋は分かんねえんだから黙ってろって」

「ハイハイ」

「ハイハイじゃねえんだよ」康一が吹き出した。「バイバイって……千代さんが……そう言ったのか？」

「うん。バイバイって歌だったってのを、ひょいと思い出してくれたんだけどさ……バイバイなんて歌、腐るほどあるからなあ」

「ふうん……バイバイ……か」

それから父は真顔になって、「へえぇ……バイバイ……ねえ」そう言った後もう一度口の中でバイバイ、と呟いた。

それからまたバーイバイだの、バーイバーイだの呟いては何かを思い出そうとするように首を捻っていたが、暫くして、「俺はまだ八つか九つのガキだったけど」そう言ってから少し黙り、「鉄太郎さんの聴いてた曲なら、うっすらとでも、覚えてるはずなんだがなあ……ふうん、バイバイ……ねえ」と遠くを見るような目をした。

それから思い出したように西瓜を口に運び、「七十年も前のことだけに、ハナから思い出せるはずがないと自分で決めてたのかな……さて……」うーん、と唸ってから、今度は黙った。

その日の夕方のことだ。店がまだ営業中のはずなのに、妙な時間に康一が家に戻ってきて、玄関先で大声で何度も和夫の名前を呼んだ。

「何だい？」

和夫の顔を見ると康一はにっこり笑うなり、あっさりと言った。

「鉄太郎さんの……歌な、『バイバイ・ブラックバード』だと思う」

「え？　なんだって？」

「ほら、鉄太郎さんの……バイバイさ」

息が止まった。

「バイバイ……ブラックバード？」

「ああ……いろいろ俺も自分の頭の中を探してみたんだが……まず間違いないと思う」

そのタイトルを口の中で幾度も呟いたあと、和夫は不満そうに答えた。

「時代が違わねえかな？」

二十日近く汗を掻きながら探しても見つからなかった答えを、こうも簡単に父から放り投げられたことで自分にがっかりしたし、それで少し腹が立って反抗心が湧いたのかもしれない。

「なんでだ」

「バイバイ・ブラックバードはマイルス・デイヴィスだろ」

「マイルスのはカバーだ」

「え？　そうなの？」

和夫の完敗だ。

父に勝てないのは分かってはいたが、と胸の内でため息をつく和夫に、康一は二つ折りにしたA4の紙を手渡して笑った。

「そこに書いておいた。その曲だ」

康一はきっぱりとそう言った。

震える手でその紙を開くと、マジックインキの、父らしい文字でこう書いてあった。

『Bye Bye Blackbird
1926年
作詞モート・ディクソン、作曲レイ・ヘンダーソン、歌ジーン・オースティン』

「え……ジーン・オースティン……って、あの……」

「そうだよ。代表作は『マイ・ブルー・ヘヴン』、ウチの店の名前だ」

「……だよね」

「ふうん。そんなこと、おめえ、よく覚えてたな」

「ウチの店の名前だからね。バイバイ・ブラックバードってジーン・オースティンのヒット曲なの？」

「さあて、研究者じゃねえから詳しいこたぁ俺にはよく分からねえけどもね。ただなぁ……俺の、微かな記憶の底の底の底の底でなぁ、鉄太郎さんが聴いたのはジーン・オースティンだって声がする」

「へえ……記憶の底の底の底の底……」

言葉が見つからない。

「いいかお前、万が一ジーン・オースティンのレコード盤が見つかったら国宝もんだぜ」

呆然としている和夫へ康一が言った。

「おい。なぁにボォッとしてるんだよ。岡田さんに言わなくていいのか」

「あそっか。じゃ俺、ちょっと行ってくるわ」

我に返った和夫が家を飛び出した時、頭上の黒雲の中に突然稲妻が走った。

そして背中から追いかけるように夕立が来た。

あっという間に大粒の雨が叩くように落ちてくる。

乾いた道路に雨脚が立つ。

傘を取りに戻ろうか、とちらりと思ったがとにかく早く伝えたいと、そのまま雨の中を走った。

「岡田さん、岡田さん」ブザーを何度も押しながら和夫は叫んだ。

いつもならすぐに返事があるのに、今日は苛々するほど時間がかかってから遠くで「はい」という小さな声がした。

「岡田さん、あの歌！　分かりましたよ！」

鍵を掛けていない引き戸を少し開け、家の中へ向かって勢い込んで和夫がそう叫ぶと、「ええ」と驚いたような声がして、奥から千代が現れた。

「歌が分かりましたよ。お兄さんの歌が」

「あらまあ、まあ。とにかくお入りになって」

あたふたと千代は奥の部屋に引っ込んだあと、タオルを二枚ほど持って小走りにやってきて、濡れ鼠になった和夫の頭からかぶせた。

「あの……ちょっとレコードを探させていただいてもよろしいですか？」

濡れた髪を拭いながら和夫が聞いたが、「ええ、あの、その……」千代は困惑した顔で言葉を探す。

自分が探してほしいと頼みに来て、その曲の正体が分かったというのに少し迷惑そうに、今は困ると言わんばかりの様子に見える。

「あ、今、まずかったでしょうか？」

「え？　いいえ、ただあの……」何故か煮え切らない。

「岡田さん」思い切って強い口調で和夫が言った。「お兄さんの歌が分かったんですよ」

それでようやく千代は我に返ったような顔になったが、それでも酷く困惑した様子の、か細い声で言いにくそうに答えた。

「箕浦さん、ただ……ただ……どうか驚かないでくださいね」

「はい？」

妙に改まって言われるとなにやら気にはなるけれども、とにかく何でもいいからレコードが見たい。

モート・ディクソン作詞、レイ・ヘンダーソン作曲、歌はジーン・オースティン。

父の康一に教わった名前を繰り返しながら走ってきたのだ。とにかくすぐ鉄太郎コレクションの所へ行きたかった。

「はいはい分かりました分かりました」

自分がいい加減に返事をしているのが分かる。

何に驚くなと言っているのかは分からないが、こうなったら何があっても驚くものか、と腹をくくる。

千代さんも覚悟を決めたように、では、どうぞ、と小さな声で言った。

しかし奥座敷へ通されて思わず息を呑んだ。

猫のぴいが階段の下で昨日と同じ姿のまま、じっと二階を見上げて座っていたのである。

瞬き一つせず、呼吸すらしているのかどうか分からない。

まさに置物のようだ。

そこから先は足が動かなかった。へなへなとその場にしゃがみ込んだ。

「驚かれましたでしょう？」千代は震える声でこう続けた。「この猫は毎年お盆に入りますと、こうして三日間何も飲まず食わずで身動き一つ、瞬き一つせずに二階を見上げているのです」

二階の窓の外でまた稲妻が走った。

おそるおそる和夫は尋ねた。

「どなたか二階にいるんですか？」

千代は微かに首を振りながら答えた。

「分かりません」

カリカリカリカリッと音がして稲光が走ったかと思うと、ぴしゃあっと近くに落ちた音がした。

*

「来た来た来た、来ましたよ」ブンがはしゃいでおります。

「猫！　なんつったっけ」とヘロシ。

「ぴい。ぴいですよぉ」麻絢がもう怖くって涙ぐんでいますな。

「二階に誰がいるの？　ねえ」とさおり。

「私の歳になるとさ、そういうのは全然驚かないんだよね」と志野。

「志野ちゃんはこういうの、怖くないの」と美野。

「ぜーんぜん。ああ、あるあるあるある、って感じ？」と答えます。

「ふうん。あるあるあるって感じなの、志野さん」と恵子が身を乗り出します。

「年寄りと子どもは生命の端っこにいるからどっちも分かるのよ」また志野が思いがけないことを言います。

「生命の端っこ？」と恵子。

「志野さん。どっちもって？　どういうことですか」さおりが尋ねます。

志野は少し考えてこう言いました。

「子どもって生まれる前のこと覚えてる気がするでしょ？　年寄りになるとね、死んだ後のことがね、何だか分かる気がするのよ。そういう意味」志野らしくカラカラッと笑っております。

「へええ。生命の正体が分かるんだね」ヘロシが幾度も頷いております。

「だからあ、二階に何かいたのかよ」ブンが口を尖らせて突っ込むと、和夫はやはりむふふ、と笑いました。

「さすがにおっかなくてその日はそのまま帰った」

「肝、ちっさ」ブンががっかりしております。

「バァカ、おめえ、マジ怖いのよ。猫、身動きひとつしねぇのよ。こう……じいっと二階を見上げたまんまもう、置物だぜ」必死に和夫が説明しております。

「息もしねえのかよ」とテル。

「俺の方が……息出来なかった」と和夫。

一同がホッと息を吐き出して笑いました。

「それにしてもおめえのオヤジって凄いね」とブン。

「バイバイだけで分かるって、さすが東京の生きたジャズ史」とテル。

「ニッポンの、だよ。ああ、会いてえなあオヤジさんにな」ブンが焦れたように言う。

「で？　見つかったのかよ、そのディーン……なんだっけ」ヘロシがもどかしげに聞きます。

「ジーン・オースティン。うん、結局見つけた」とヘロシ。

「あったのかい。そのコレクションの中に」

「うん。あったんだ」

「それってレアものなんでしょ?」恵子が目を輝かせます。

「日本中でも……どうだろ、もう一枚あるかないかだろうね」と和夫。

「聴きてえな」とブン。

「うん聴きてえよな」テルが大きく頷きます。

すると脇に置いた小さくて黒いショルダーバッグを引き寄せながら和夫が尋ねます。

「マスター、CDなら聴けますか」

「え? 聴けるの?」皆一斉にどよめきます。

「はい。CDでしたら」

バッグからCDケースを取り出しながら和夫は言いました。

「色んな人に聴いてほしくて、いつも持ち歩いてるんだよ。勿論、SPみてえな温かな音はしねえよ。デジタルコピーだから、音は酷いがどんな曲かは聴ける」

「おお!」どっと拍手が起きます。

「歌を聴いたあとで、よかったら千代さんの手紙を読んでもらってもいいかな」和夫が急に驚くことを言います。

「え? 千代さんの手紙?」志野が身を乗り出しますと、和夫はバッグの中から分厚い封筒を取り出して志野の前に置きました。

「これは俺の人生に大きな影響を与えてくれた手紙。いつも持ち歩いてる。五年前に、あの歌を見つけた後、千代さんがね、俺に長い手紙をくれたんだ。鉄太郎さんと別れた時のことをね。俺なんかが説明するよりも千代さんの手紙を読んでくれれば一番分かってもらえると思う」

和夫がしんみりした口調になってそう言うと、志野が手紙を押し頂くように額に押し当てた後でこう言いました。

「みんな、一緒に読みましょう。私が読んでもよければ代表して私が声を出して読みます。それでいい？」

志野の言葉にみんな大きく頷いております。

柱時計が八時半の鐘を一つ鳴らしたあと、その曲が……バイバイ・ブラックバードが……店の中に流れました。

＊

あなたがバイバイ・ブラックバードを探し、見つけてくださったお蔭で、あの日のことが鮮明に蘇り、兄がやっと帰ってきてくれたのを確かに感じます。

本当に本当にありがとうございました。

私は話し下手で、感謝の気持ちを上手にお伝え出来ないので、お手紙を書かせていただくことにいたしました。

不躾《ぶしつけ》に長い手紙、どうぞお許しくださいませ。

鉄太郎が帝大の医学部に入りましたのは、早くに亡くした母が結核であったことが大きな理由の一つであったと存じます。

鉄太郎は学校から帰りますと小学生の私に「千代、茶漬け」と申しつけまして、そのまま自分の部屋に、階段を駆け上がっていくのでございます。

そうしてガラガラッと音を立てて昼間っから雨戸を全部閉め、聴く時には蓄音機とジャズのレコード盤を抱えて狭い押し入れの中に入ったものです。

私が丼にご飯を盛り、お茶と一緒に兄の好きな塩昆布と、私が漬けたキュウリやらカブやらを刻んで一緒に持って階段を上がってゆきますと、「これこれ、これですよ」というのが口癖で、茶碗を両手に掲げてうやうやしく押し頂いていたのを覚えております。

鉄太郎に一番懐いていた猫のぴいが、必ずのそのそと鉄太郎の膝の上に上がって、とぐろを巻くように収まりました。

ぴいを膝に抱えたまま、鉄太郎は美味しそうに茶漬けを食べました。

あなたのお父様の康一さんはまだお小さかったので覚えていらっしゃらないでしょうが、よく兄と三人で押し入れに隠れて音楽を聴きました。

「敵性音楽」を聴くのは「非国民」だ、などと言って、陰湿に監視して問題にしたのはむしろ一般の市民同士で、そういう意味では国民そのものが自分で自分を追い込んでいた時代でございます。

勿論ジャズを聴いたところで、処罰されるようなことはなかったですし、洋画を上映する映画館もございましたのですが、兄なりに、町内の若い衆を次々に万歳の声で戦場に送り出してきた父親への慮りだったのでございましょう。

本当に優しい心の人でございました。


昭和十九年、大学二年生の兄が、秋の終わりに突然海軍に入りました。その頃はもう兵隊さんが不足していたので「学徒出陣」といって大学生も兵役の対象でございました。

兄は帝大医学部の学生でしたので兵役の対象外でございましたのに、突如志願したのです。

私どもは軍医補助として入隊したのだろうと思っておりましたが、どういう事情でしょうか、兄はいつの間にか飛行機乗りになっておりました。

それもこれも父親への心遣いでございましたでしょうか。

周囲の人は驚いておりましたが、私には心当たりがございました。

実は、兄には大好きな娘さんがおりました。

華子という名前の、兄より一つ年下の綺麗なお嬢さんでした。

聡明で優しい方で、何よりお互いが好きあっておりました。父の親友の娘さんで、私にも優しく、私も大好きでした。兄が大学を卒業後に結婚の約束をしておりました。

華子さんは看護学生になったばかりでした。

兄が医師になり、華子さんが看護婦になったら私も将来看護の道を歩もうと夢見ました。

ただ、昭和十九年の十月十日、そのお嬢さんが軍の研修で出掛けた沖縄で、那覇空襲の犠牲となってしまったのです。

兄はその知らせを聞き、一日中ずーっと、押し入れの中で音楽を聴いておりました。

その時に聴いていたのもおそらくあなたの見つけてくださった歌、バイバイ・ブラックバードではなかったでしょうか。

この日ばかりはぴいも部屋の中に入れてもらえず、階段の真下に座って上を見上げ、しきりにみゃうみゃうと切なそうに鳴いておりました。

翌日出掛ける時には、何事もなかったかのようにさっぱりとしておりましたが、おそらくこの時に、兄は既に兵士になる決心をしていたと思います。

土浦に配属されていた頃、私は父と二人で一度兄に会いに行ったことがございますけれども、昭和二十年になりましてすぐの二月一日に不意に家に戻ってきた兄が、その晩父と私に、改まって話がある、と申します。

兄が飛行兵になった時から嫌な予感はしておりましたが、やはり思った通りのことでございました。

兄は、父の前で暫く言葉を探しておりましたが、とうとう、諦めるように深く息をしてから、居住まいを正してこう申しました。

「お父さん、僕は明後日ここを発ち、鹿屋《かのや》に参ります。長い間お育てくださり、ありがとうございました」

鹿屋へ行く、ということがどういうことか、若いあなたには全く想像も出来ないことでしょうが、鹿児島県の鹿屋には海軍航空隊の神風特別攻撃隊《しんぷうとくべつこうげきたい》の基地がございました。ですから鹿屋へ行く、というのは〝私は特攻隊員として死にに行きます〟という意味なのでございます。

「なぜ」という言葉を私は必死に呑み込んでおりました。

「なぜ」などと聞かずとも分かっているからです。

国を護るため、家族を護るために己の出来ることをする、という兄の決心でございます。

そういう時代でございました。

那覇の空襲で華子さんを失ったことが全てではなかったと思います。

また、町会長として町内の大勢の若者を万歳で死地へと送り続けてきた、自分の父親の立場に対する贖罪《しょくざい》の気持ちもあったかと思います。

まことにそれは理不尽なことでございます。

ですが理が通らなければ情を通すしか、心の重心が取れないこともあるのです。

父親の体面を保つこと、それから好きだった人を殺した戦争に対する兄らしいけじめの付け方であったと思います。

いいえ、この時の私の思いを言葉にすることはとても出来ないことでございます。

兄から、これから国を護るため、おまえたち家族を護るために死にに行きます、と言われたのですから。

あなたは素晴らしい、などと心から言える家族など、一体この世の中に、本当にどれほどあったのでしょうか。

人前では泣いて止めることも許されず、あなたは立派です、と無理な嘘を言わねばならない辛さをどうぞお量りくださいませ。

今の時代では信じられないことだと思います。国のためや家族のために、自分の生命を投げ出すなんて本当に馬鹿げたことでしょう。

　ですが今の時代の考え方で、あの時代の人々の行動を非難したり軽蔑したりすることは軽薄ですし卑劣だと思います。

　江戸時代の人々の価値観を嗤《わら》うことが、如何《いか》に無意味かという意味です。

　その時代にしか理解出来ない事情や感情や行動というものは、存在するのでございます。

　もしも私が男に生まれており、兄の立場であれば、やはり同じことをしたであろう、と思います。

　理解する、というのはそういうことをいうのです。

　悲しい、悲しい理解です。

　兄が特攻で英霊となるという話は、翌日の間に町内中の人に伝わりました。

　あの当時はそうして出征してゆく若者を、土地の大人達が皆集まって悲しみを紛らすかのように鉦《かね》や太鼓で送りました。

　悲しいお祭りでございました。

　昭和二十年二月三日の朝。

　兄が「千代、茶漬け」と申しました。

私が兄のために作る最後の茶漬けを持って二階に上がってゆきますと、兄はまだ下着姿のままで胡座《あぐら》をかいており、既にその膝の上に猫のぴいが丸くなって座っておりました。

「これこれ、これですよ」

兄はいつものように明るい声でそう言うと、いつものように「へへえ」と頭の上に押し頂き、それから美味しそうにお茶漬けを食べました。

その頃家の外には町内の方が大勢、そう、百人以上もお集まりくださり、既に歓呼の声は響き渡り、特攻で国のために、私達のために英霊となる町会長の息子を送り出すという感動に包まれ、久しぶりに旗の波がうねっておりました。

兄が家を出るのを今か今かと人々が待っております、その時のことでございます。

二階の部屋の、閉めきっていた雨戸を兄がいきなりガラッと開け始めたのでございます。

一体何をしているのだろうかと私は怪訝な思いでございました。

そうして兄は子どもの頃からよく見知っている人々の顔を見ながら、笑顔で手を振りました。

まだ下着のシャツ姿でしたけれども、歓喜のどよめきが上がりました。

しかし次の瞬間に人々は一斉に凍り付いてしまいました。

はい。
大きな音でジャズが鳴り始めたのでございます。

悩みも悲しみも全部鞄に詰めて
あたしはそっと歌う
バイバイ・ブラックバード
さようなら不幸の鳥よ
あたしを待ってくれている
優しくて愛しい誰かさんのもとへ行くことにしたの
バイバイ・ブラックバード
此処ではだれもあたしを理解してくれないもの
こんなに酷くて悲しい物語はもう沢山
ねえ、明かりをつけておいてね
それから柔らかいベッドを頼むわ
多分　今日の夜更けに辿り着くから

人々が、呆気にとられ、しいんと静まりかえる中、その歌が大音量で聞こえてきたのでございます。

敵は我が心にあるのだという兄の叫びが聞こえました。

これから兄が殺そうという敵兵にも、兄を思う私のような家族がいるはずです。

もしかしたら恋人がいるかもしれない。

兄は誰を責めることもなく、戦争の理不尽さを己の生命を以《もっ》て誰かに伝えようとしたのです。

これほど素晴らしい人が私の兄であるという喜びと共に、これほど素晴らしい人の生命が、まもなく捨てるように奪われるのだ、という悲しみと怒りが胸の中で沸騰したのでございます。

人々が静まりかえる中、やがて家の中から兄が静かに現れました。

真冬の真っ青な東京の空と、日差しを押し返すような真っ白の海軍の軍服を颯爽と着込んだまばゆい兄が、右腕に猫のぴいを抱えてゆっくりと現れた時、人々はただただ静まり返り、まるで恐ろしいものを見るような顔で、固唾を呑んで兄を見ており、あの歌はまだ鳴り続けておりました。

兄は私の前に来るとそっとぴいを私の腕の中に包むように抱かせ、「ぴいを頼むよ、千代。僕は行きます」そう言うなり背筋を伸ばし、右手を挙げて私に向かって敬礼すると、くるりと背中を向けたのでした。

この路地をたった一人で去ってゆく兄の背中は途方もなく大きく、また果てしなく小さく見えたものでございます。

口を開けたまま無言で見送る町内の人々の中で、町会長の父だけが涙を隠そうともせずただ一人掠れる声で、「岡田鉄太郎君、万歳」と両手を挙げていました。

その時私はとうとう大声でこう叫んだのでございます。

「お兄ちゃん！　格好いい！」

狭い路地に私の声が反響して、人々は声もなく私を振り返りました。

その時、不意に私の腕から飛び降りた猫のぴいが、駆けだして兄を追いかけ、追いついたのでございます。

足下にすがって、みゃう、と鳴き声をあげるぴいに気づいて兄は立ち止まり、そっと抱き上げ、ぴいを両手で空に差し上げて暫く何事か話しかけているようでした。それからにっこりと笑ってくるり、とこちらを振り返りますと、大きな歩幅でずんずん戻ってまいりました。

そして私の前に立ち、ぴいをそおっと手渡すと、誰にも聞こえない小さな声で「千代、さようなら」と囁いて踵を返すと、もう二度と振り返りませんでした。

岡田鉄太郎が英霊になりましたのは、その年の三月二十日、東京大空襲から十日後の朝のことでした。

あなたが私の消えかけた記憶を呼び戻してくださいました。

本当に、本当にありがとうございました。

千代

箕浦和夫様

*

読み終えてから志野は暫く嗚咽しておりました。

誰一人、声も出ません。

「もう一度聴かないか？」とブンが口を開きました。
「聴きたいね、あの曲、もう一度」とテル。
「では、もう一度聴かせていただきましょう」マスターが穏やかな声でそう言った。

悩みも悲しみも全部鞄に詰めて
あたしはそっと歌う
バイバイ・ブラックバード
さようなら不幸の鳥よ
あたしを待ってくれている
優しくて愛しい誰かさんのもとへ行くことにしたの
バイバイ・ブラックバード
此処ではだれもあたしを理解してくれないもの
こんなに酷くて悲しい物語はもう沢山
ねえ、明かりをつけておいてね
それから柔らかいベッドを頼むわ

多分　今日の夜更けに辿り着くから
さようならブラックバード

「いい曲だろ？」和夫が改めてそう言いました。

皆の胸にもやっと空気が入ってきたようでございますな。一斉に何やら話し始めました。

恵子とさおりと麻絢、それから志野と美野と美喜夫。

マスターがそれぞれの飲み物を静かにカウンターに並べます。

「ところで、その、ぴいだけどさ」思い出したようにブンが尋ねます。「今日は七月の十五日だけどその……今日も階段の下で二階を見上げて座っているのかな」

隣で笑い出したのはヘロシです。

「なんでえ、そうか、かいだん違いの話だったのかい」

「そうそう、最初に和夫が怪談だって言ってたが、階段の話だったたってことだね」テルが洒落に気づいて笑いました。

「あ、そうか、この話、怖い話かと思って聞いてた」と恵子。

「私も。あ、途中ちょっと怖かったけど」と麻絢。

「いや、俺が聞きたいのはね」ブンが尋ねます。「そのぴいって猫だけど、一体何歳なんだ？」

「あ、そうそう、私も不思議に思ってた」と志野。

「終戦からもう七十年以上経つのよ。だから、その猫は一体何年生きているのかと思って」

「俺も千代さんから聞いて驚いたんだけどね」

和夫が待ってましたとばかりにビールで口を湿らせてから答えました。

「ぴいって名付けた猫だけが、決まって毎年盆になると階段の下で三日三晩、何も食べず何も飲まず、二階の鉄太郎さんの部屋を見上げたまま動かなくなる。で……今のぴいで五代目だそうだ」

『セロ弾きの豪酒』

何やら季節のご機嫌よろしからず、今年も果たして何時《いつ》から何時までが梅雨だったのか気づかないうちに夏になったようで、酷暑と予想されたものの東京辺りでは気温も低い上に、夏中雨模様が続きました。

秋になったかと思えば、駆け足のような速さで、最早この辺り、葛飾は四つ木界隈にも風に乗って木犀の香りがしてまいりました。

朝夕はもう肌寒い、既に晩秋の候。

さてこの日曜日の昼下がり、渋江公園を通り過ぎ、奥戸街道沿いに京成立石駅方面へ少し歩いた辺り、老舗の和菓子屋が経営しております「響庵」という比較的大きな甘味処の奥の、八人ほど座ることの出来る個室に、いつもの連中、コンピュータ管理会社勤めのブンこと菅原文郎に、名代十割蕎麦「吉田庵」店主、テルこと吉田輝雄、それから葛飾警察署生活安全課所属のヲトメのヘロシこと安田洋警部に加え、オヨヨのフトシこと郵便局の息子、池田太志の姿を見ることが出来ます。

　本日彼らを仕切っていますのは「エノさん」と呼ばれる中学時代の学級委員長、生徒会長の榎本久志《えのもとひさし》という男で、人柄もいいし成績も良かった彼は、大学を出てから大日本新聞社の記者になり、数年前から学芸部に配属されています。

　『オヨヨ』だの『ヲトメ』などと二つ名で呼ばれたりしております中で、何故か榎本久志だけは昔から「エノさん」とさん付けで呼ばれています。

　よほど人望があったのでしょうし、もっとも名前を呼ぼうにも『久志』が大ハザードだ。もう散々に申し上げてきたのでいい加減に呑み込んでもらったと思うけれども、この辺りの連中はヒとシが入れ替わったりごっちゃになったりする。ですから当然『久志』は「シサシ」です。

　元より『貧血』と『神経痛』はほぼ同じ発音でありまして『潮干狩』なんぞは「ヒオシガリ」になる。もうくどくどとは言わないけれども、必ず語頭のヒはシと読んでいただきます。ええ、『日野市』は「しのし」です。

　少し遅れてジャズ喫茶「マイ・ブルー・ヘヴン」の若い店主となったばかりの『むふふの和夫』こと箕浦和夫がこれに合流いたします。

　彼らの中学時代の共通の恩師だった島田《しまだ》春雄《はるお》先生を偲ぶ会、だそうで、気の置けない仲間数人だけで、毎年十一月二日の祥月命日の前の日曜日の昼間に集まることになっておりまして、堀切菖蒲園に集まり、園内にある静観亭という施設で宴会をした後、この響庵に移って〆に皆で一斉にあんみつを食べる、という儀式を続けてきたのでございます。

何故〆にあんみつなのかというと、エノさんによれば『我が師の恩＝和菓子の餡《あん》』なのだそうで、面白いんだか面白くないんだか分からないけれども、みな格別異論も挟まずに従ってきました。

今年はその島田先生の十三回忌に当たるので、他の同級生達にも声をかけて大きな会を、という声も出たが、折悪しく堀切菖蒲園は来春まで改装工事中。

園内の「静観亭」は営業しているのだけれども、と、なんとなく手をこまねいているうちにとうとう間に合わなくなってしまい、結局いつもの悪ガキ仲間だけが響庵に集まって軽食の後、あんみつ〆の儀式を行って島田先生を偲ぶことになったわけで。

「お酒もあるぜ」メニューを覗き込んでいたオヨヨのフトシが言います。

「よせやい。どうせ夕方から『銀河食堂』行って飲むんだ。昼間っから飲んでちゃ、明日仕事にならねえ」そう言ったのはヲトメのヘロシです。

「ああ、俺もいっぺん行きたいんだよな」エノさんが膝を打ちます。

「今日行きゃあいい」とブンはメニューを見ながら興味のなさそうな返事をしています。

「俺が凄く可愛がってもらってる指揮者の山本直角《やまもとなおずみ》先生だけど」

「おお、前に聞いたっけ。あの面白い髭の指揮者の先生か」とテル。

「あの先生も連れてけってうるさいんだよ」

「なんであの有名な先生が銀河食堂のことを知ってるんだ？」と和夫が訊きます。

「俺が教えたのさ。先生、謎が好きでさ、面白そうな謎の飲み屋見つけるとやたらとそこに通うタイプなんだよね。だからさ」

「四つ木でもかよ？」と和夫が吹き出します。

「先生の家は松濤《しょうとう》なのにさ、前なんか砂町の謎の居酒屋に惚れ込んで週一で通ってたことがある」

　エノさんがわざわざ砂町だぜ、と念を押してそんなことを言いました。

「何が謎だったんだ」とヘロシが尋ねると、エノさんがニヤニヤしながら答えました。

「そこのマスターがオネエなのか本物の女なのか謎だったんだ」

「それだけかよバカだねえ。確かにオネエって頭いいのが多いから面白いんだよな。でも、直接聞きゃあいいじゃねえかよ」とブン。

「失礼だろうが」と、エノさん。

「そりゃそうだな」とブン、素直に頷いております。

「で？　どっち？」とテル。

「女だった」

「何だよ」とブン。

「一時は深川とか向島《むこうじま》とかに凝ったり、福生《ふっさ》の居酒屋に凝ってたこともあるし、京都に凝ったら月一で京都通いって人だからね」とエノさん。

「お。いいねえ先生、面白《おもしれ》え人だなあ」ヘロシが何だか嬉しそうな顔で話に乗ります。

「それじゃあマスターとは気が合うかもしれねえなぁ」テルが口を尖らせて、真面目な顔で頷きながらそう言いました。

「その先生も謎めいてるが、マスターがまた謎の人だからなあ」とブン。

「あの店は最初から謎だからな」

ヘロシが奥戸街道に開いた窓の外をぼうっと眺めながら小声で、「もう冬の日差しだなあ」などと言う。

「最近あちこちから便所の匂いがするんだよな」とブン。

「金木犀だよ。芳香剤じゃねえよバカヤロ」テルが吐き捨てます。

「可哀想な花ではあるな」と和夫。

「電話してみるかな」エノさんが携帯電話を取り出します。

「誰に？」

「先生にさ」

「まだガラケーかよ」ブンが笑うと、「仕事が出来るヤツはパッドと二つ持ち。電話は電話専用機に限るんだよ」とヘロシが言いました。

暫く部屋の外で話をしていたエノさんが戻ってくるなり、嬉しそうな顔で言います。

「先生、あとでここへ顔出すってさ」

「ホント。おお、会ってみてえと思ってたんだ」ブンが嬉しそうです。

「え？　どこから？」とテル。

「そこの、かつしかシンフォニーヒルズ。明日コンサートでね、今朝からリハーサルやってたんだ。もう終わったからあとで顔出すって」

「ねえ、あの髭の先生って、今お幾つなの？」フトシが訊く。

「六十は過ぎてるが六十五にはならない」とエノさん。

「ふうん。じゃあ？　マスターと同じくらいかねえ」とテル。

「いずれ六十半ばか」とブンが呟きます。

「ともあれ山本先生、まだ暫くかかるからご飯食べちゃおか」

　エノさんがそう言うと、先ほどから真剣にメニューを覗き込んでいたヘロシが思い出したようにぽつりと聞きます。

「ところでさぁ、十三回忌は分かってるが、島田先生って……お幾つで亡くなったんだっけ」

「喜寿のお祝いの翌年……だから満の七十七歳だった」とエノさん。

　指折り数えていたヘロシが、「じゃあ、お元気なら今年卒寿《そつじゅ》だったか」とぼそりと呟きました。

「いい先生だったな」

「うん、いい先生だった」

「優しくてな」

「厳しいところもあったが温かな人だったな」

「俺達こうして十二年も先生の命日に集まってるくらいだからな」

　口々に先生を偲んでおります。

　それから三十分ほど経った頃でしょうか、電話が鳴って迎えに出ていったエノさんに伴われて、髭の指揮者こと山本直角先生が現れました。

　長髪というほどではないけれども、首のあたりまで伸ばした真っ白な髪をオールバックに撫でつけ、鼈甲柄の眼鏡を掛け、鼻の下のたっぷりとした白い髭は綺麗に整えてあります。まあ、テレビで観た通り。

黒いハイネックのセーターに黒いスーツで胸には赤いチーフが覗いていて、左手に黒の薄い鞄を提げた、なかなかダンディな出で立ちで、一同が思わず立ち上がって迎えるほどでございます。

「や」山本先生は柔らかな笑顔でみんなに会釈をすると、エノさんの案内で一等上座の、奥の席に座ります。

「あ、こちらご存じ指揮者の山本直角先生」とエノさんが紹介します。

「やあやあ、アイ・ラブ・ミュージック！　髭の指揮者の山本です」

山本先生、有名な自分のキャッチフレーズを交えて、もう一度立ち上がって気さくに笑顔で会釈をします。

「お目にかかれて光栄です。僕らは榎本の幼なじみばかりで」とテル。

「そうらしいね。でもなんで男ばっかりで甘味処なんだい？」

「そこはホラ、中学時代の恩師を偲ぶ会ですから……」とエノさん。

「おお。解った和菓子の恩か。うめえじゃねえか」

「和菓子の『餡』です」とエノさん。

「おお、餡です山脈」と山本先生。

「さすがだねえ」ブンが驚いております。

「感心しちゃいけない。笑うとこですよ」と山本先生。

「うちの新聞が大日フィルのスポンサーってこともあってね、先生とは実は五年前に取材でヨーロッパツアーに同行させていただいて以来可愛がってもらってるんだよ。明日かつしかシンフォニーヒルズで公演だ。大日フィルと……えっと……アラブのヴァイオリニストの……」

「イスラエルだ。おめえ、新聞記者として絶対間違えちゃいけねえところで間違えやがったな」山本先生が吹き出します。

「あ、イエース」とエノさん。

「ISか、上手い！」と山本先生、拍手などしております。

一同ついて行けずキョトンとしておりますな。

「いやいや、僕は駄洒落が大好き……失礼して上着を脱がせてもらうね」

山本先生が上着を脱ぐと、エノさんが壁のハンガーに掛けます。

「今のどういう洒落？」ブンがテルに訊きます。

「よくは分からねえがイスラム国に関係するらしい」とテル。

「物騒な洒落だなおい」とブン。

「そういうのが好きなんだよ」と山本先生。

世界的な指揮者の、とても人なつこくて温かな人柄にみんな一気に惹かれております。

それから改めてそれぞれが自己紹介をします。

警察官に郵便局、蕎麦屋にコンピュータ屋、ジャズ喫茶店主、と一々頷いて山本先生。

「多士済々《せいせい》ってヤツだな。面白ぇ集まりだね」

「元々ここに根付いてる連中ばかりが、こうして昔のまま付き合ってるだけですよ」とヘロシが説明をしている。

「ところで酒は出ないのかい」という先生の一言で、ひとまず瓶ビールしかないけれども、まあ、駆けつけ三杯。

昼間っからだが、軽くならいいだろうと、座が和み始めました。

そのうちなんとなく銀河食堂の話になる。

「いや、実にこの、いい店なんですね。何しろ居心地がいい」とフトシ。

「マスターがまた良く出来た人で、寡黙すぎず喋りすぎず、人の話に過剰に首を突っ込むでもないが、盛り上がってる話にはちゃんと乗ってくる」とテル。

「何でも知っていてダンディで、お酒の知識も半端ないし、また何でもないようで手の込んだ料理が普通に出てくるし」とブン。

「その料理も旨いしねえ」と和夫。

「僕らもその店のマスターの大ファンになって、通い始めてもうかれこれ四年目になるんですけどね、でもマスターの本名すら知らない」とヘロシ。

「僕もまだ行ったことがないんですがいい店みたいですよ。よかったらこのあと行きませんか」

エノさんが先生を誘うと、先生乗り気で、「いいねえ。行こう行こう。四つ木に行きつけの店なんて出来たら渋いじゃねえか」などと笑っておりますな。

「先生、謎がお好きだから」とエノさんが聞く。

「それそれ。そのお店のさ、何が謎なんだい？」と先生。

「ひょっこりお店が出来て忽然と現れたマスターですけど。どうもこの辺りの出でもないようだし、なら何故四つ木に？　って思うじゃないですか？　都内の一等地だってやってけるような渋くていい店なんですよ。それだけでもう謎でしょ」とテル。

「人の事情なんて根掘り葉掘り聞くことじゃないしな」とブン。

「でも、謎があると覗きたくなるってのが人情かねえ」とヘロシ。

「お前が聞けば職務質問だろが」テルが笑います。

「どこで何をしていた人なのか……お店開いて四年半になりますけど、マスターが今どこに住んでいるのかもよく知らない。まあ、聞かないからでしょうけど」とブン。

「ほほう」と山本先生興味深そうに聞いております。

「第一、今時分わざわざ四つ木辺りで居酒屋始める人はいないでしょ？　ウチの店なんてほぼ赤字すれすれなのに」と和夫。

「そりゃ店主の人気の差だな」ブンが笑います。

「うん、確かに」とテル。

「うるせえなバカヤロ」和夫が吹き出しております。

「本物のチェロが飾ってあるんですよ」

「それさ。僕の興味のあるところだ。生楽器が飾ってあるのかい？」と山本先生。

「そうです本物のチェロ。値打ちなんか僕らには分かりませんけど、古そうな、綺麗な楽器ですよ」とヘロシ。

「ほほぉ」山本先生が一瞬考え込んでしまいました。

「あ？　先生音楽家だから、そういう所に小道具みたいに生楽器を飾るの、お好きじゃないんでしょう」エノさんが聞きます。

「あ、いやいや違う違う。生楽器飾る店なんて幾らもあるが、チェロは珍しいってこと。デイスプレイしてあるだけ？　置きっ放し？」

「いえ、毎日マスターが出しちゃ片付け、片付けちゃ出すのね」とブン。

「ふうん。その人は弾いてた人かね」と山本先生。

「いえ、誰も演奏は聴いたことない」とヘロシ。

「そりゃ尚更謎だねえ。弾く人なら弾いて聴かせるはずだし、弾かずに飾るおもちゃみたいな楽器ならその辺におっ放っといても大丈夫だけど、毎日仕舞っちゃ出すってのは、きっと大切な物だろう」

「なるほど」とエノさん。

「先生の知り合いだったりしてね」とブン。

「うん、それでさっきから僕の頭の中が騒がしいんだが、そうだと面白い人がある」と山本先生、目を輝かせます。

「え？　その可能性があるんですか？」とテル。

「いやまさかそんなことはないとは思うがね。もしも奇跡的にそうだったらその人は大変な人だってこと」と山本先生。

「お、何かワクワクするじゃんね」とブン。

「てめ、さっきからなに先生にため口きいてんだよ」とテル。

「大変な人って……どう大変なんですか？」エノさんも目を輝かせます。

「おいおい決めてかかるなよ。まずそんなはずはないし、根拠なんかなんにもないんだが、何て言うのかなあ、さっきから僕の胸の奥でね……その……チェロが僕を呼んでるような気がしてる」

「芸術家の言葉は面白い」エノさんが呟く。

「お友達の話……なんですか」とフトシ。

「うん」

山本直角先生、言葉を探しておりましたが、「大親友だった男の話だ。聞くかね」。

「聞かせていただけるんですか？」和夫がのめっております。

「構わないが……長い話になるぞ」

先生はゆっくりと皆を見回してから、こんな話を始めました。

＊

山本直角の父親は山本直之《なおゆき》といって大日フィルの創設者でありながら、日本を代表するヴァイオリニストで指揮者だった人で、もう二十年以上前に六十九歳で亡くなっている。

父親の直之の影響で、長男の直角は幼い頃からピアノとヴァイオリンを教わり、案外才能もあって、受験の際ピアノで受けるかヴァイオリンで受けるか少し迷ったが、全体数の少ないヴァイオリンを選んで芸大の附属高校に入学した。

音楽修業者の殆どがそうだが、特殊な日常生活ゆえに子どもの頃からなかなか友人というものが出来にくい。

他の子どもとは趣味も合わず、第一本人に遊んでいる暇がない。

稀にコンクールなどに出場する際に親しくなることもあるけれども、それも皆ある意味ではライバルの一人という距離のある友人だ。

孤独な道のりなのだ。

直角もまたそういう音楽修業者の一人で、修羅の如く一本の道をひたすら脇目も振らずに歩いてきたわけである。

その直角に、高校に入って初めて友達が出来た。

その人物は高田三郎《たかださぶろう》というチェロ奏者だったが、音楽学生同士は専門楽器が違う、というだけで互いの間にある奇妙な緊張が綺麗に消える。

これは知り合った後で互いに知ったことだが、彼の父親は名前を高田次郎《じろう》という大日フィルの首席チェリストで、日本のカザルスと高く評する人もあった名演奏家であった。

大日フィルのコンサートマスターと首席チェロ奏者だったので、当然直角の父と三郎の父とはとても仲が良かった。

しかも二人が中心となり、日本最高と言われたカルテットを組んであちこちに演奏旅行もしていたのだから、互いに信頼し合う盟友だった。

但し、互いの家庭を頻繁に行き来するような形の友達ではなかったからか、父親同士が親友であっても、何故か子ども同士は互いの存在を知らずにいたというわけなのだ。

直角の父の直之は、生真面目で酒も飲まない厳格な質《たち》の家庭人であったけれども、三郎の父の次郎はそれとは逆の、金遣いの荒い奔放な音楽家気質で、酷い飲んべえだった。

とにかく毎日浴びるように酒を飲んだ。しかし次郎が酩酊するのを誰も見たことがない。一緒に飲んでいるとみんな自分が先に酔い潰れてしまうからだ。

それでついた渾名が『豪酒《ゴーシュ》』。

セロ弾きの豪酒という洒落だが、これは大日フィルの伝説の一つだ。

直之の家はかなり裕福だったけれども、次郎は家を顧みず、友人に金を貸しては取りはぐれ、仲間や後輩に奢るだけ奢るから財布はいつも空っ穴で、親友の直之は言うに及ばず、楽団から給料の前借りまでする有様だった。

高田家には金銭的な余裕がなかったため、母親が三郎に父親の愚痴を言うのも仕方のないことだったが、これが少年時代最大の苦痛であった、と三郎が直角に語ったことがある。

それでも父親の次郎は音楽にだけは極めて厳格であった。

一度教えたことを三郎がすぐに呑み込まなければ、容赦なく拳骨で頭を叩かれた。

叩かれるのが嫌なのではなく、父の期待を裏切りたくなくて頑張ったのだけれども、まあ言ってみれば幼い頃から殆ど強制的にチェロを弾かされたといっていい。

そうしてただ一途にチェロを弾き続け、芸大附属高校に入学を果たし、そこで直角と出会ったわけだ。

入学直後、口をきく前は互いになんとなく生意気なヤツだと思いこんでいたが、何かの折りに一度話をした途端、瞬時に打ち解けた。友達になる者同士、とは案外そういうものだ。

そうして父親が親友同士だと知って尚更、二人は互いに心を開いた。

一九七〇年の五月のこと。直角は三郎を誘ってベルリン・フィルのコンサートに出掛けた。

直角はその晩ヘルベルト・フォン・カラヤン指揮の『幻想交響曲』を聴き、得体の知れない電流に打たれた気がした。

また、この年の九月、これまた直角が三郎を誘って東京文化会館へ、ニューヨーク・フィルとレナード・バーンスタインの来日公演に出掛けた。

なかなか金銭的余裕のない三郎にとって、コンサートへ連れ出してくれる直角はとても有り難い友人だった。

そしてここでも直角は『幻想交響曲』を聴いた。

更に、アンコールの際、バーンスタインが指揮棒を客席に投げ入れるのを見た瞬間の感動を、確かな天の啓示と受け止め、直角はその日から猛然と指揮者を目指すことにしたのである。

上野からぶらりと出掛けた浅草界隈のもんじゃ焼き屋で、不意に俺は指揮者になる、と告げた時、三郎ははじめさして驚いた顔もせず、小さなヘラを動かすのをやめないまま「ふうん」と気のない返事をした。

それから天井を見上げるように暫く言葉を探していたが急に改まって、「うん。君みたいにピアノもヴァイオリンも弾くような、しかも耳も抜群にいい上に音楽を構造で捉えることの出来るタイプの人に、指揮者の仕事は最適だろう。僕はね、君さえその気になれば君は世界に行けると思う」と言った。

親友のその言葉は以後、直角の時として挫けそうな心を支え続けることになる。

三郎はその後、はにかむような笑顔になったかと思うと、「僕の頭脳にはあんな分厚いスコアを理解して記憶する能力はないから、君のタクトを裏切らないチェロ弾きにでもなるよ」と言った。

こうして二人は更に友情を深めた。

直角の胸を焦がし背中を押したこの二つのコンサートの演目が、奇しくもベルリオーズであったのは偶然の一致だったか、後に『幻想交響曲』は直角の十八番の一つになった。

指揮者になった直角が、いつもアンコールで客席に指揮棒を投げ入れるのも、バーンスタインの影響だった。

＊

「へええ。そういうきっかけで先生は指揮者になったんですねぇ。いやいや面白い話ですねえ」エノさんがため息をつく。

「何で次郎の息子が三郎なのか、だな」とブン。

「そこかよ。ま、でも次郎の息子が太郎ってのよりはましだな」とテルが吹き出します。

「高田次郎、とか三郎って、俺、聞いたことある気がするな」とヘロシ。

「デザイナーだったっけか」と和夫。

「そりゃ高田賢三だな」と山本先生。

「髙田明は」とブン。

「ジャパネットだよ」と山本先生。

「高田探ししてんじゃねえよバカ」テルがそう言うと、一同が一斉に吹き出してみな腹を抱えて笑いだしてしまいました。

「オレら凡人には分からないけど、専門の音楽家同士の心の繫がりって、何だか格好いいな」とヘロシが言うと、「確かに俺達の付き合いとはレベルが違うわ」ブンが吹き出す。

「俺らは格別に低いレベルだからな」とフトシ。

「確かに」とテル。

「いやいや、狭い世界なんだよ。数少ない有力演奏家で持ってるようなところがあるからね」と山本先生。

「日本のオケの多くはフリーランスの寄り合い世帯だから」とエノさん。

「へえ。オーケストラの団員ってだけでエリートって感じするけどなあ」と言ったのはフトシだ。

「そりゃそうさ。そのために厳しい訓練を子どもの頃から受けてきた人達なんだからね。なのにそれが……食えないいんだよ」とエノさん。

「へえ……そうなの？」とヘロシ。

「日本で、〝楽団員〟ってだけで食えるオケなんて一つ、二つ……かなあ。先生が心を痛めているのはそこ。今やスタジオの仕事なんて殆どなくなったし。だからトゥッティの連中なんかあちこちのオケ掛け持ちして仕事しなきゃ暮らせない」エノさんはそう言いました。

「トゥッティってなんだ」とブン。

「そりゃぁローマの10番さ」とテル。

「いやトッテイじゃなくてトゥッティ」とエノさん。

「だからぁ、トゥッティってなんなんだ？」とブン。

「まあ、本来は一斉に弾くことを言うんだがね、僕達の世界じゃ、まあ、ソリストを後ろで支えるその他大勢の合奏隊みたいな、ね……ちょいと自虐的で侮蔑的な呼び名だな」山本先生が解説してくれます。

「通行人Aとか、時代劇の斬られ役とか、何ていうの？　大部屋俳優みたいなものかな？」とヘロシ。

「うまいうまい。まあ、そういう感じだな。でもそういう役回りの人がいないと何も出来ないんだよ」と山本先生。

「音楽学生の苦労なんて、オレ達には分からないけどさ、お金かかるんだろうね」フトシが小声でそう言いました。

「演奏家を育てるのにお金がかかりすぎる割には元が取れないから、優秀な人材が育たないわけだよ」とエノさん。

「でも、さすが優秀な人には優秀な友達が出来るわけだ」とフトシ。

「有名な演奏家なのかな？　やっぱ、俺、高田三郎って聞いたことありますよ」とヘロシ。

「いや、別人だろう。彼は演奏家にはならなかった」と山本先生。

「へえ、じゃ、何になったんですか」と和夫。

「うん……」山本先生が言葉を探して黙り、呻くように言った。

「だからさ、この歳になるまでには……様々事情があったんだよ」

山本直角先生はビールで口を湿らせると話を続けます。

＊

高校二年生の秋に、指揮者を目指す決心をした直角であったが、ヴァイオリンの師匠もピアノの師匠も強く反対した。〝勿体ない〟という理由からである。

それほどの逸材と評価されていたのだ。

直角はヴァイオリニストとしても、あるいはピアニストとしても、コンクールにおいて

「日本よりも海外で」評価される型の演奏家になると師匠達は信じていた。

現在でもその傾向はあるけれども、当時日本で開催されるコンクールの多くは減点方式で、逆に海外のコンクールの多くは加点方式だ。それはそもそもコンペティションの成り立ちやあり方が違うからだ。

満点でスタートしてミスのたびに点数を引かれるのと、基礎点からスタートして良いプレーに加点してもらえるのとでは、アプローチも違うし心がまえも変わる。

しかも当時の日本での「満点」の基準は、ヨーロッパ近代音楽の表現法や技法の上に評価された「欧米の優れた演奏家の演奏」であったから、それに近づこう追いつこうという傾向が強く、「音楽は絶対的な自己表現である」という欧米の基本的な考え方とは、その表現方法や観客の質や好みにおいて大きな隔たりがあった。

減点法では、どれほど技術が高くてもミスを怖がって、いわゆる安全第一の小さな演奏になる怖れがあり、加点法の下では、技術の高さは必然だが失点を恐れるよりも加点を狙うアグレッシヴな演奏になる傾向がある。守備に徹する演奏家は音楽の器そのものを小さくしかねず、攻撃中心の音楽は独りよがりになりかねない。

そこは好みになるけれども、少なくとも山本直角はどちらの枠にもとらわれないほど、強い音楽力があると評価されていたのだった。

結果その音楽性の高さは後に指揮者として表現され、世界的な評価を受けるに到るのだけれども、当時はまだそこらにいくらでもいる音楽学生の一人にすぎなかったのだ。

直角が高校三年生の秋、事件は起きた。三郎の父親、高田次郎が失踪したのだ。

秋晴れのある日、首席チェリスト高田次郎は大日フィルの大阪でのステージに無断で現れなかった。前日のリハーサルにはきちんと現れ、いつものように仲の良い楽団員らと軽口を叩き合い、大声で笑っていたのに、である。

それは初めてのことだった。

以前幾度か風邪で高熱を発したことがあったが、その際にも現場には必ず現れ、三十九度五分でも自分の仕事を放棄したことは一度もなかった。

そういう信頼が寄せられている人物だけにオーケストラには激震が走り、本番直前になって次席のチェリストがあたふたとその位置に座ったが、力量の差は歴然としていた。

以後一切連絡は取れず、自宅にも帰らず、当初は事件性も疑われたが、その気配もなく、勿論遺書らしきものも見当たらなかった。不在のまま一年、二年を経て、やがてゆるゆると関係者を諦めさせたのである。

音楽の業界は狭いので、そのことはすぐにあちこちで話題になったけれども、大日フィルの首席チェリスト〝豪酒〟こと高田次郎は音楽仲間によほど愛されていたのか、この出来事はスキャンダルにはならなかった。

そのうち誰が言い出したものか、海外に再修業に出た、という噂がまことしやかに流れ、中にはヨーロッパの小さなオーケストラで弾いているのを見た、などという人まで現れたがそれは事実ではなかった。

直之にとって当座は大日フィルばかりか、自ら主宰するカルテットのコンサートスケジュールも変更キャンセルせざるを得ず、少なからぬ損害をこうむったが、そんなことは一切気にならなかった。

ただ、何故親友の自分に一言の相談もなしにそういうことをしたのか、幾ら考えても思い当たる節がなかったのが悲しかった。

次郎はおそらく何か思い詰め、思い極まり、消えた。

仮に仕事に不満があったにせよ、こういう方法を取る男ではない。

では女か？

直之は様々に思いあぐねたが、いずれ自分にはどうしようもないことに気づく。

そして時間が経つうちに、案外次郎が本当にヨーロッパに出掛けたような気がしてくるのだった。

＊

暫く は一同声を失います。

「うわ。失踪かい」ブンが悲鳴を上げます。

「そりゃ女でしょ、先生」ヘロシが言います。

「金じゃねえの？」とテル。

「何でだよ」エノさんが聞きます。

「前にヘロシが〝金動くところ闇あり〟って言ってたじゃん」とテル。

「へえ？　そんな言葉があるの？」エノさんが尋ねます。

「俺達のギョーカイ用語だよ」とヘロシ。

「金のことなら僕の父親にでも相談出来た。それ以前にもお金を融通していたからね」と山本先生。

「じゃ、やっぱり女だな」と和夫。

「警察はまず金と女の線から事件を繙《ひもと》くからな」ブンが笑います。

「それよりもその息子の、三郎って人……辛いね」とフトシ。

「そうとも。一番大変なのは三郎だよ」ブンが大きく頷いております。

「そうなんだ」と山本先生、沈痛な面持ちになります。

「え？　それが原因でその人と音信不通になったんですか？」とブン。

「まあ、ざっくり言ってみればそうなるんだが、話はそう単純でもないのさ」山本先生、コップの残りのビールを名残惜しそうに口に運んだあと、少し痛そうな顔をしました。

「ビール、追加であと三本お願いしますね」エノさんが部屋の外の誰かに頼んでいます。

「実はそれから三郎の驚くべき青春が始まったんだが……聞くかい？」

一同声もなく頷きます。

こうして山本直角先生の話は続くのでございます。

＊

高田次郎の失踪で最も打撃を受けたのは、言うまでもなくその家族だ。

母は専業主婦で、収入の全てを夫に依存していたので、その翌月から収入は一切なくなった。

実家は昔、山の手の割合大きな雑貨屋だったが、スーパーマーケットの進出など、複合的な理由から既に殆ど没落していた。その店を継いだ兄が一人あったが、兄は兄なりに家業を維持するのに汲々としていて、妹の、しかも音楽学生を抱える家庭を外から支えるほどの経済力はなかった。

それでも母は母なりに、それまでに厳しく家計を切り詰めていたらしく、一年ほどは食べていける程度の貯蓄があった。

浪費家の父と暮らしながら、これは偉大な努力だと三郎は思った。

但し、そこに三郎の学費までは含まれていなかった。

三郎も中学生の頃には学生音コンの全国大会で入賞をするほどの腕前だったし、あの高田次郎の息子という期待もあって将来を強く嘱望されるチェリストの一人だった。しかも現在、芸大附属高校の三年生で、成績も良いのでそのまま芸大に進むことは大して難しくない。

芸大は国立大学なので私立よりはかなり学費が安いとはいえ、音楽のためには別の費用もかかる。一切収入を絶たれた高田家にとって、音楽学生を支えることは難しい。

三郎は静かに絶望した。

だが勿論周囲も手をこまねいていたわけではない。

この事件を知り、高田次郎の一番弟子と言われた岡田満寿夫《おかだますお》という、ヨーロッパのコンクールで賞を貰うほどのソロ・チェリストが大層驚き、息子の三郎への支援を申し出た。

直角はそれを聞き、三郎の未来を安堵したが、何故か三郎は頑なにその志を断り、芸大を受験せず、卒業と共に音楽界を去る決心をした。

バカな話だ、と直角は思った。

怒りを込めて説得を試みる直角に向かい、「運命だな」と三郎はこともなげに言った。

「運命は変えられる」直角が反論しても、達観した老人のような顔で三郎はかぶりを振った。

「元々僕はチェロが弾きたくて弾いてきたわけじゃないのかもしれない」三郎はそんなことをあっさりと言った。

「お前ほど技術があり、音楽性も高く、歌うチェリストは他にいないのに、何故だ」

直角は三郎を失うことは将来の音楽界の損失であると考え、必死に翻意を促すための説得を試みたが、三郎は一切耳を貸さなかった。

「直角。もしかしたら僕は今、もの凄く自由を感じているのかもしれない」

「自由だと？　ふざけるな」

「いいか？　僕は四歳からチェロを弾いている。十分の一の小さな楽器からね。つまりさ、チェロを弾いていない自分の記憶はあんまりないってことだ」

「何を言ってる。音楽学生なんて皆そういうものじゃないか」

「実はずっと疑問に思っていたんだ」

「疑問？」

「本当に僕にとってこれが生き甲斐なのかってね」

直角は絶句した。言われてみればもっともな疑問だからだ。

直角ほどの才能に溢れた人物でも、幾度も突き当たり、煩悶し、結局環境に押されて握りつぶしてきた疑問だったからだ。

およそ音楽学生の殆どは、同じ悩みに突き当たったことがあるはずだ。

生まれつき音楽が好きで好きでその道を歩く人はほんの一部で、だが気づけば他に出来ることがないのに気づき、音楽に逃げ込んで他の道を見ない振りをしているのではないか。

天才というものは確かにある。

それを素直に認められるかどうかは別だが、これは音楽を学ぶものには極めて普通に理解出来ることだ。

他の仕事でもそうだろうが、自分が必死に訓練で積み上げてきたことを、いとも簡単に努力の気配もなく軽々と超えてゆく人がある。それは教えられることでもなく、教わって出来ることでもない。

たとえば生まれて初めて楽器を持ち、生まれて初めて出したその音が、既に感動的で音楽性に満ちている人がある。

そういう意味では、直角も三郎も天才の一人だった。

だからといってその音楽性が伸び続ける保証はなく、天才少年と呼ばれる全てが巨匠になれるわけでもない。むしろ天才少年が歳を経て凡人に堕ちてゆくことの方が多いものなのだ。

しかし三郎は、巨匠になれる器だと直角は信じている。

〝勿体ない〟

直角の胸に浮かんだのはその言葉だった。

そう告げた時、三郎は穏やかに反論した。

「では直角があれほどの腕を持ちながら、ヴァイオリニストと呼ばれることもピアニストと呼ばれることも放棄したのは何故だい？」柔らかな笑顔で言う。「それはピアノやヴァイオリンとは別の、指揮という世界に目覚めたからだろう」

「いや……それとこれとは……」直角が言いかけると、「違わないのだ」と三郎はきっぱりと言った。

「君の演奏が好きだった人達をさ、〝勿体ない〟と言った人達を、君は斬り捨てたわけなのだろう」

三郎は静かに続けた。

「僕のチェロのこと、勿体ないって言ってくれるのは凄く嬉しい。だけどなぁ、人生ってのは……案外〝勿体ない〟ものかもしれないぜ」

返す言葉がなかった。

高田次郎の失踪後、三年を経て三郎の母は再婚をした。三郎は成人していたので母の新しい戸籍に入らず、高田籍に残った。

＊

「うわ。三郎、凄いですね」とブン。

「天才ってそういう感じなのかもね」とヘロシ。

「うん。他の人間から見ると、あそこまで出来るんだから、もっと凄いことが出来るんだろう、って期待しても、本人はもう〝上がり〟って感じてたりするのかな」テルが考え込んでおります。

「なんかビール進んじゃうね。これ」と和夫。

「すみませーん、ビール、あと……五本ね」エノさんが廊下に向かって叫んでおります。

「別の銘柄でもいいですかぁ」遠くで女性の声がする。

「何だって構わないよ。キリンでも象でも」とブン。

「象ビールってなんだよ。象印ならマホービンだろが」とヘロシ。

「えれえファンというのは僕にも時々いるがね」と山本先生。

「お、エレファント。さすが」エノさんが呟いております。

「なんだよ、すっかり飲み会だよ、これ」テルが吹き出しておりますな。

皆がやっと息を吐き出すように笑いました。

「思えば俺の人生は案外勿体ないなあ」と勿体付けてブンが言うと、「案外じゃない。間違いなくフツーに勿体ない」と笑ったのは和夫です。

「ああ。みんなどこか勿体ないんだな」とテル。

すぐにビールが来ます。

「グラス替えましょうね」とお店の人が新しいコップを持ってくる。

「気が利くね。サービス料、余分に付けといて」とフトシ。

「お、ごちそうさま」とブン。

「こいつが払うから」フトシがブンを指さします。

「え？　俺」とブン。

アハハハ、と笑ったのは年配の女店員。

改めて銘柄の替わったビールで乾杯です。

「俺も勿体ないこと一杯してきたなぁ」エノさんもため息をつきます。

「大日の記者でもそうかね」と山本先生。

「では先生はどうなんです？」とエノさん。

「僕なんざぁ人生勿体ないお化けがウヨウヨだがな」笑いながらですが、大きなため息をつきます。「しかし、他人のことで、あれほど勿体ないと思ったことはないなぁ」

「それ、本当に音楽界の損失、ですね」

「それで、音楽捨てちゃったんですか？　その人」テルがおそるおそる尋ねる。

山本先生改めてにっこり笑ったかと思うと、「音楽ってのはね、物心つく前からやっているとね、身体に染みつくから、やめるとかやめないって話ではなくなるんだ」と言った。

「それ、どういう意味ですか？」とエノさん。

「何だお前、食いつくなぁ。取材しようってのか？」

「違いますよ、あくまで個人的な興味ですって……あ、でも今後の記事の参考にはしますがね」エノさんが笑う。

「楽器はね、上手になろうとすると毎日弾いてないと怖い。先生から『一日サボると三日遅れるぞ』なんて脅かされる。だけどある程度の高みまで登ったヤツはね、弾かなくなったら急にど下手になるかってえと、そういうもんでもない。もっとも、巧い・下手の基準にもよるがね」

「積み上げたものはそう簡単には壊れないんですね」とヘロシ。

「スキーとかスケートとか、身体で覚えたものってそう簡単に忘れないだろ？　何年ぶりでも思い出しながらそこそこ滑ったり」

山本先生がそう言うと、「なるほど。確かに何年経ってもちょっと時間かかるけど出来るようになるもんな。ローラースケートとか」とブン。

「おお、流行った流行った」テルが手を叩きます。

「大学に入った後、時々呼び出して学校でチェロ弾かせたもんだ」と先生が言います。

「へええ。それで、弾けるもんなんですか？」とフトシ。

「ああ。だって大学三年になった頃も三郎のヤツ、現役学生よりずっと上手だったもんな。時々頼み込んで仲間達の前で弾かせたが、ドボコン……ドボルザークのコンチェルトだのシューマンだのコダーイだのって難曲もさらりと弾いてみせた。そのたびに僕はさ、ああ、やっぱり勿体ないとつくづく思ったもんだよ」山本先生の声が少し上ずる。

一同は声もなく聞き入っております。

「やっぱり練習してたんですかね」とエノさん。

「だから練習する、しない、とは次元が違う話なんだ。勿論それまでの貯金みたいなものもあるがね」

「じゃあ、三郎さん、日頃は何していたんですか？」とテル。

「別の仕事をしていた」

「何してたんですか？」とエノさん。

「肉体労働」

ええっと一同がざわつく。

「何でまた？」ブンが首を捻ります。

「何故かは簡単だ、日銭が入る。仕事によっちゃ危険手当も付く。それに目標が出来るとそこへ向かって誰でも一所懸命頑張るだろう？」

「目標が出来たんですかね？」

「出来たんだよ」

山本直角先生が腕まくりをします。

＊

「もういっぺん言え」直角がつい大声を出したので、若い家政婦の嘉子《よしこ》が驚いたように廊下に顔を出して電話の方を窺う。

なんでもない、と笑顔で手を振って小声になってもう一度聞いた。

「どこへ行くって?」

「パリだよ」電話の向こうであっけらかんと三郎が言った。

「パ、パリだと?」

頭の中でチェロの音が聞こえた気がしたが、「何しに行くんだ」と聞くと、思いがけない答えが返ってきた。

「絵描きになろうと思ってね」

「もういっぺん言え」つい大声になる。

また心配そうに廊下の向こうで嘉子がこちらを覗く。直角は目をそらすように嘉子に背中を向けた。

「気でも違ったか」

「違ってない」

「なんだと」

「ともかく日本を出てみる」

「金はあるのか」

「二年で二百万貯めた。お袋にも二百万渡した。どうだ凄いだろう」

　よほど過酷な重労働に耐えたものか、その金額は驚くべきものだった。一年くらいは楽に暮らせる。

「何をやってたんだ」

「危険仕事は金になるんだ」

「犯罪じゃないだろうな」

「ばか、肉体労働だよ。夜も寝ずに働いたんだ」

「本気でパリへ行くのか」

「本気だ。絵描きは嘘だが」

「んなこたあ分かってる。本当にフランスのパリへ行くのか」

「うん。明後日発つ」

「待て。じゃあ、明日会おう」

「あまり時間がないんだ」

「ともかく明日会おう」

「時間がない」

　それで電話は切れた。

パリへ行く。電話を切った後で直角の胸が騒いだ。三郎のことを心配して、ではない。羨ましかったのだ。

「もしかしたら僕は今、もの凄く自由を感じているのかもしれない」

三郎のそんな言葉を思い出した。

一方で、自分で選んだこととは言いながら、僕は明日も明後日も総譜《スコア》を読むのだ。オーケストラを聴きに行き、アンサンブルや表現方法を学ぶのだ。そうして音も出ないタクトで空中の決まった一点を叩く。同じ所が叩けなければ指揮など出来ない。師匠の教え通りに空中に向かって右腕を突き上げる。

三郎はパリへゆく。

この日、珍しく直角はヴァイオリンを弾いた。

少し下手になっていた。

＊

「パリかあ」ヘロシが両手を首の後ろで組み、天井を見上げながらため息をついておりますな。

「憧れのパリ、だよな」とブン。

「その人は……やっぱり音楽を捨てられなかったんでしょう？」とテル。

「いや。きっぱりと捨てたんだよ」と山本先生。「そして数ヶ月に一度、思い出したように
パリから電話が来た」

「パリに何しに行ったんですか」ヘロシが聞く。

「それがはじめ僕にも分からなかった。一年ほどは本気で絵を描いて暮らしていたらしい。

ところが金が底をついてからは何故かコックになった」

「え？　コックって……料理人？」とブンが大声を出します。

「当時よくあった日本人のパターンだ。絵描きになりたくてパリへ行ってはみたものの、コ
ックになって帰ってくる」

「食えなくなったらレストランで働く。正しい選択ですよね」とフトシが笑います。

「それからまた二年ほど経って、僕は親父のお蔭で大学院に進み、三人ほどの偉い指揮者の
弟子になって小さなオケで振らせてもらったりしていたんだが、その頃ヤツはナミビアに行
った」

思わずみんな息を止める。

「ナミビア独立戦争って知らないか？」と山本先生。

「ナミビア？　南アフリカの左上辺り？」と和夫。

「あ、そうそう。本当だ。左上だ」とブン。

「だから、何でもスマホに聞くなって。だから記憶出来ねえんだよ」テルが吹き出しました。

「ナミビアの独立戦争ってのがあってね」

「何処から独立したんですか？」とエノさん。

「南アフリカからだよ」

「南アフリカってアパ……アパ……」ブンが首を捻っていると、「アパホテルか？」とテル。

「違わい。なんとかヘイトだよ」とブン。

「アパルトヘイトの国。正解。そこからの独立戦争さ」山本先生がそう言いました。

「それは分かりましたが、何しに行ったんですか？」とフトシ。

「戦争しにだよ」思いがけない言葉に皆が跳び上がります。

「戦争しにって……え？　どういう意味ですか？」とヘロシ。

「外人部隊に入ったのさ。金持ちの側につけば随分金になるらしいが」と山本先生。

「フランスの外人部隊ってよく聞くけど」とエノさん。

「元々植民地が多かった国だから駆り出せば兵隊はいくらでもいるし、植民地が多い分、身近に紛争の種も多いってわけだよ」

ビールを注ぎながらフトシが口をへの字に曲げて言います。

「何かとんでもないことになっちゃってますね、その人。絵を描いてコックやって、次は傭兵？」

「傭兵って一流アスリートの体力要るし」と和夫。

「それよりも語学力だな。何言ってるのか分からないと死んじゃう」と山本先生が解説します。

「給料高いんですか？」とフトシ。

「そりゃ正規の外人部隊なら今だったら年収一千万くらいにはなるだろうが、なにせナミビアだよ、反政府側なんてボランティアみたいなものじゃなかったかと思う」

「いや、考えられないわ、俺達の世代には」テルが頭を振っております。

「僕達が高校生の頃はベトナム戦争の最中だったから……」山本先生が言葉を選ぶように言いました。「誤解を恐れずに言えば、平和は戦って勝ち取るものだったんだ」

今度は一同が静まり返りました。

「平和を……戦って勝ち取る……んですか」とヘロシが呻きます。

「君らには分からないだろうが」

「そりゃそうですよ先生。俺らは生まれつき平和の傘の中ですから」エノさんが呟きました。

「今の若者のイスラム国みたいなものかな？」とテル。

「ま、イスラム国はちょっと別にしても、人間ってずっと同じこと繰り返してきたのかもしれないな」そう呟いたのはヘロシでした。

「で？　先生その人、その後どうしたんですか？」フトシがのめり込んで聞いております。

「うん。その後のこと知りたいですね」と和夫。

「またパリに戻って、コックやって……またナミビア行って」

「え、そんなに戦争行ったの？」とブン。

「ナミビアの独立戦争って二十年以上続いたからね、何だか分からないがよほど義憤に駆られたのだろう。ヤツのことだからね」

「何度も？」とブン。

「いや、二度目は激戦地に一年。そこを生き延びて、それで戦争は終わり。あとはパリでコック」

「先生はその頃何をされてたんですか？」とヘロシ。

「僕は蚊の幼虫だ」

「それはボウフラ」エノさんが突っ込みます。

「お、偉い。僕は棒振りだった」

「で？　コックになっちゃったんですか？」と和夫。

「うん、やがて三つ星のシェフの下で料理を憶えて、気に入られて独立も許されたんだが、独立せずに、ずっとその店に勤めてたね。親父さんが失踪してから三年後にお袋さんは再婚をしただろ。だから三郎は実家に帰る必要もなくなったから、それからずっとパリ暮らしさ」

「結婚とかは？」とエノさん。

「惚れた女ぐらいはいたようだが、結婚はしなかったな。僕の方は大学院の同級生だった今の女房と二十七で結婚したがね」

「奥さんも音楽家なんだ」とブン。

「ヴァイオリニストだよ」とエノさん。

「トゥッティだから僕が貰ってやったんだ」

「今は奥さんに指揮されてますけどね」とエノさん。

「それで僕は人生を棒に振った」

一同が吹き出しました。

「三郎のヤツはそれでもね、年に一度くらいは帰ってきて、そのつど必ず連絡をくれたから、僕の師匠と僕に付き合わされて日本中を飲み歩いたものだ」

「チェロは？」とブン。

「巧かったよ、幾つになっても。人の楽器で弾くのは難しいんだが、テクニックは落ちても音楽性は落ちないものだからね」

「そりゃ凄いですね」とフトシ。

「へへえ、それから？」とブン。

「お、随分食いつきがいいね」

「そうそう。先生、その後はどうなったんです？」テルが身を乗り出す。

「実は今から二十年も前のことだがね」

山本先生は口ごもり、大きくため息をついたかと思うと吐き出すように言った。

「ヤツの親父さんが見つかった」

「えええええ、失踪した人が？」悲鳴のような声を上げたのはエノさんだ。

「うん。そうだ」

山本直角先生、腕まくりをしてグラスをエノさんの前に突きつけ、おい、もう一杯注いでくれ、と言いました。

＊

今から二十年前、直角が四十四歳の時のことだ。

空には刷毛《はけ》を薄く走らせたような秋の白い雲が出ていた。

高田次郎が失踪以来四半世紀を経て、内幸町《うちさいわいちょう》にある大日フィルの事務所に忽然と姿を現したのは、そんな日の午後だった。

彼が現役の頃のマネージャーは既に退職していたが、後輩のヴィオラ奏者で、かつて一緒にステージに上がったことのある梶原暢児《かじわらちょうじ》という男が後任のマネージャーになり、その日偶然事務所にいたのでその人が高田次郎だと分かった。

「高田です」七十歳になったはずの次郎はざんばらの白髪で、尾羽打ち枯らした格好でそう名乗り、給料の前借りを頼みに来た、と告げた。

事務員の知らせを受けて梶原が受付へ飛んでいくと、確かに年老いた高田次郎の姿があった。かつて憧れたチェリストだけに、梶原は出来るだけ丁重に受け答えをした。

しかし二十五年以上の時を経て、今頃ノコノコと給料の前借りに来るあたり、次郎には認知症の傾向が出ている、と直感し、急ぎかつての名簿を手繰って高田の自宅へ電話をしたが、その電話は不通となっていた。考えあぐねて山本直角へ相談の電話をしてきたのだった。

運良く直角はその日は休みで家にいた。

「取り敢えずお茶を出して僕が行くまで三十分ほど時間を繋げ。あ、待て、お茶じゃない。酒はあるか」

「いえ、事務所に酒はありません」

「じゃすぐ買ってこい、缶ビールでいい」

そしてすぐに飛び出して、大日フィルの事務所へ急行した。

事務所に駆け込むと、なんだかつまらない乾き物をつまみに次郎は缶ビールを飲んでおり、ちらりと直角を見たが、なんの反応もなかった。

「直角ですよ、次郎先生」幾らそう言ってもなかなか理解出来なかったようだが、山本直之の息子です、と言ったら柔らかな表情になって、「おお、直之か。ああ、直之じゃないか。おいお前……老けたな、おい」と直角の顔を両の手で撫でながら懐かしそうに言った。

直角は涙をこらえながら先生お元気でしたか？　と言った。

「よせやい。先生って誰だよ直之。じつは近頃手元不如意でね、ちょいとその、またバンスを頼もうと思ってね」

『前借り』の意味の『アドバンス』を略してバンスというのはオーケストラの符丁の一つだ。

次郎は明らかに認知症の様相を呈していた。直角を、父親の直之だと思い込んでいる。

直之は去年亡くなりました、という言葉を呑み込んで、「いかほどご入り用なんですか」

直角が聞くと、次郎は暫く考えて、「うーん、ま、取り敢えず五万円《ゲーマン》もあれば助かるんだが」と言った。

「分かりました、ご用意いたします」直角はすぐに自分の財布から十万円を取り出し、梶原に封筒を用意させて手渡した。

中を確かめた次郎は目を丸くして、「おい、ツェー十も入ってるじゃないか。いいのか？」と聞いた。

「大丈夫です。お宅へ送りましょう」直角がそう言うと、次郎は不思議そうな顔をして直角の顔を見つめて、「ウチに来る？　直之、お前らしくないことを言うなあ。プライベートと仕事は分けようと言い出したのはお前なのに」と笑った。

「家までお送りします」直角の申し出に、次郎は少し困った顔をして、「今の時間、家に女房がいないから、散らかしたままだが、いいか？」と小声で聞いた。

女房がいるのか。その女のためにこの人は家を捨てたのか。

様々な思いが頭の中を駆け巡ったが、もう四半世紀も前のことだ、今となればそのことなどもういいじゃないか、と思った。

直角も大人になり、人の痛みを知ることの出来る歳になっている。

パリにいる三郎の顔を思い浮かべたら、やはり自分と同じことを考えるだろう、と思った。

タクシーの前で、次郎は困惑した表情になった。

「タクシーか……まあいいか。バンスして貰った金もあるから」と呟く。

直角は次郎を先に乗せ、後から乗り込むと、どちらでしょうか、と次郎に聞いた。

「ああ。葛飾のね、立石の近くだ」

「京成線の立石駅ですか？」

次郎は静かに頷いた。

濃紺の古い背広の肩の辺りにはフケが散っているが、それは言わなかった。

「お前が家に来るなんて学生時代以来かな？」次郎はそれでも嬉しそうに、時折タクシーの中で話しかけてくる。

眼差しはどこにでもいる好々爺《こうこうや》で、若い頃、気に入らない指揮者が来るとぐっと反抗的に睨み付けたあの鋭い眼光はすっかり失われていた。

立石駅から奥戸街道を小岩方面に向かい、環七を少し越えた辺りから南へ切れ込んだ路地を奥へ進み、古いアパートの前で車を止めた。

急いで料金を支払った後、直角は近くの電柱に書いてある住所をそっと控えた。

古びてはいるが、しっかりした二階建てのアパートの一階の角部屋だった。窓は南と西向きで、夏はさぞ暑かろうと思う。

八畳一間の部屋の中は小綺麗にしてあったので少し安心したが、部屋の奥に古い革のケースに入ったチェロが立てかけてあったのを見て胸が詰まった。

「チェロは今でも弾きますか？」と聞くと、「ああ、時々ね。だがもういけないな。左手は何でもないいんだがね、ボウイングが駄目だな。おまえはどうだ。まだ弾けるか？」入り口のガス台の前に立ち、自ら茶を淹《い》れながらそんなことを言う。

「ただいまぁ」その時誰かが入ってきた。

次郎と見比べるとおよそ三十歳以上も若く見える女性が、直角の顔を見てへなへなと玄関に崩れ落ちた。

＊

「うわ。遂に女と対面ですか」とエノさん。

「へえ……環七の先ってぇと奥戸だな」とブン。

「上一色《かみいっしき》あたりなら江戸川区」とテル。

「ま、ともかく、僕はその人に挨拶のしようがねえだろう？」と山本先生。

「初対面だしね」とブン。

「だからてめぇ、なに先生にため口きいてんだって」とテル。

「まあいいじゃないか」と、山本先生は笑う。

「ほおら」とブン。

「つたく田舎もんは口の利き方ひとつ知らねえんだから」とテル。

「その女性のせいで高田次郎が失踪したんですよね？」和夫が聞く。

「そうだ」

「ずっと一緒に暮らしてきたんですかね？」とフトシ。

「そうだ」

「どんな人でした」とエノさん。

「いや、歳は三十代だろうと思ったが実は既に五十代でね。でも綺麗な人だった。八千草薫や吉永小百合とまでは言わないけどな、清楚な感じの美人で、声がまたいいんだ。値段の高い鈴を転がすような声でね」

「へえ。値段の高い低いで音が違うの？」とブン。

「そりゃそうだ。楽器ってのは何でもそうだといっていい。高い楽器はいい音が出る。高いのにいい音が出ないのは騙されてまがい物をつかまされたか腕が悪いかのどっちかだ。これを高価満点というのだ」

「字が違いますって先生」とエノさんのいい突っ込みです。

「で、女の人どうしました？」と和夫。

「おお。その人が泣き崩れてね。上がり框の所へ両手をついて、ただひたすら、すみません、すみません、すみません……って」

「何だか切ないね」とブン。

「だから僕はね、いや、僕はこの人の息子ではなく、息子の友人ですと言って取り敢えず頭を上げてもらった」

「失踪させたってのを詫びるんですか？　女の方が？」とテルが言います。

「それもなんだかねえ」とヘロシがため息をつきます。

「ビールないな。なんだか今日は酔わないね、幾ら飲んでも」とフトシ。

「ビール五本追加でーす」エノさんが廊下の向こうに叫ぶと、遠くから、「はーい」と返事が聞こえた。

「何しろ次郎先生に残念ながら既に認知症の症状が出ているから、どうやって暮らしているのかと思って聞いたんだよ。先生はいつ頃からこうなんですか、ってね。そしたら五年も前からだって言うじゃないか。まだ六十五、六の頃から認知が出たってわけだな。最初はまあ、物忘れとか火の心配ぐらいだったらしいが、その一年くらい前から、殆ど一日中ぼうっと暮らしていたらしい」

「酒の飲みすぎって関係あるかな？」とブン。

「さあ、そういうのは個人差があるから一概には言えないだろうが」

「そういう人が突如借金を頼みに内幸町の事務所まで出掛けてきたというのは、突然に回線が繋がったとしか思えないですね」とヘロシ。

「神様が僕に伝えてくださったとしか思えないね」

「それじゃぁ苦労しましたねその女性も」エノさんが言います。

「さあ、それだ」

山本直角先生は、ほぉっと一つ大きな息をして話を続けるのです。

＊

篠田《しのだ》綾子《あやこ》という名のその女性は、ひたすら直角に謝罪した。

高田次郎と恋に落ちたのは二十六年前のことで、抜き差しならぬ仲になっても、自分からは一緒に暮らすことなど望んでいなかった、と言った。

当時彼女は一度結婚に破れ、生活のために神保町《じんぼうちょう》界隈の「不知火《しらぬい》」という名の食堂兼居酒屋で働いていた。まだ三十歳になる前のことだ。子どもはなかった。

秋田出身の小柄で華奢な綾子は、持ち前の可愛らしさと秋田美人らしい色の白さに加え愛嬌もあったので、すぐに看板娘になった。

元々料理が好きで上手だったこともあり、熊本出身の年老いた店主夫婦にひどく気に入られた。そのうち料理もメニューも任されるようになり、常連の間では『綾子食堂』などと呼ばれて愛されるようになり、お店も回り出したので店主に頼み、二人ほど人も使うようになった。

綾子の心に少し余裕が出来たこともあっただろうか、その頃に客として来ていた次郎と深い仲になったのである。

高田次郎がどれほどの音楽家かは全く知らなかったが、家庭があり、子どもが高校生であることは知っていた。

にもかかわらず、次郎が何もかも捨ててチェロのケースだけを抱えて自分の部屋に転がり込んできた時、実は少し嬉しかった。

そうして高田次郎という名チェリストは、この日以来、ふっつりと音楽界から消えた。

次郎はあれほど好きだった酒をきっぱりやめた。

以後二人は、息を殺すように心を寄せ合って生きた。最初は次郎は何もせず、ただ隠れるように綾子の部屋を動かなかったが、一年ほど経ってからは肉体労働者として働き始めた。

当時は音楽スタジオの仕事が沢山あった時代なので、フリーランスのチェリストとして働けばかなりの収入を得られるはずだったが、次郎は音楽とは一切関わらなかった。

そうして二年が経ち、三年が過ぎる頃、彼の風貌はすっかり変わった。五十歳を前にして髪は一気に白くなり、顔の色は赤銅色になった。理知的で優男だった顔も殺気立つほど精悍になった。

よほど親しい人でなければ彼が高田次郎であることに気づかなかっただろう。それでもかなり臆病だったのか、彼は人前に出ることを極端に嫌った。

捨てた家族に対する贖罪の気持ちもあって、別人として生きようとしたが、さすがに楽器だけは捨てることが出来なかった。

失踪して十年は殆ど楽器に触れることもしなかったが、六十歳が近づく頃になってから時々そっと弾くことがあった。雨の日や風の日といった表が騒がしい時を選び、外に音が漏れぬよう弱音器を装着して弾いた。

二人は細々と暮らした。

だが次郎が六十一歳の時に工事現場で大怪我をした。同僚の不注意で足場から落ちて大腿骨骨折の重傷だった。日銭は高いけれども労災などの手当のない仕事場だったため、雀の涙ほどの見舞金で次郎は仕事を追われた。

折から不知火は店主夫婦の老齢によって店を閉じることとなり、僅かばかりの退職金は出たけれども、綾子も仕事場を失ったのだ。

それまでに爪に火を点《とも》すように蓄えてきた金で二年ほどは働かなくとも暮らせたけれども、やがて綾子は知人のつてを頼り、食堂チェーンの小岩店で働き始めたので、職場から近すぎず遠くない葛飾区の奥戸に引っ越してきたのだった。

大腿骨骨折が引き金になったか、このあと次郎に顕著に健忘が見られるようになり、認知症の様相を呈し始めたのだった。

それ以後は綾子の働きだけで次郎は生きてきたのである。

＊

「音楽家だったら大した稼ぎだったはずの人が、女のためにそれほど苦労したんですね」とヘロシがため息をついた。

「さあ、苦労したのはどちらだったか」と山本先生が言います。

「ところで、その……三郎には伝えたんですか？」とフトシ。

「勿論だ。もうその頃には携帯電話というヤツを持って歩いていたからね、すぐにパリへ電話をした。こっちは夕方だから向こうは朝でね、驚いていたなあ。親父さんが現れた、僕が会った、認知だ、と言ってやったら、翌日には飛行機に乗った」と切なそうに話します。

「その……女性のことは？」とブン。

「さすがに電話では話せなかったな」

「そうでしょうねえ」とエノさん。

「翌々日空港から電話があったが、僕はその日札幌公演でね。しかも夜の公演だから次の日一番で帰ることにした。綾子さんには電話をして先に話した。その間に三郎はどうやらお袋さんに連絡を取ったらしくてね、次郎が生きていたことを告げたら、思いがけないことを言われたらしい」

「何ですか？　私が会いに行きます！　とか？」と和夫。

「いや、楽器の話さ」

「楽器？」ブンが大声を上げます。

「次郎はストラディヴァリウスのチェロを持っているはずだから取り戻してほしいってね」

先生が口を少し曲げてそう言いました。

「ストラディヴァリウスって何億円もするんでしょ？」とブン。

「物によってはね。十数億円するものもあるよ」とエノさん。

「その、奥さんも凄いね」とブン。「普通、えっ、生きてたの！　ってなるでしょ？　いきなり楽器の話？」

「ま、二十五年以上も前にいなくなった人だからな」とテル。

「それにしてもちょっと切ないかな」とフトシ。

「奥さんの身になれば、旦那が高価な楽器を買ったせいで、どれほど苦労させられたかって気持ちがあったんだろうし、ましてや失踪なんてされてさ、心の痛手なんかあっても一銭の慰謝料もなかったわけだしね」エノさんがそう解釈しております。

「なるほどそりゃそうだ。幾ばくかの権利はある」山本先生がそう言います。

「で？　どうなりました？　親子の対面は」とヘロシ。

山本直角先生が深く頷きました。

＊

直角が三郎を伴って葛飾区奥戸のそのアパートを訪ねたのは、三郎が帰国した二日後のことだった。

次郎と綾子はその部屋で待っており、二人が入ってゆくなり綾子は先日と同じく、正座をしたまま二つ折りになってすみません、すみませんと繰り返した。

その背中を次郎が優しく撫でている。

三郎を見ても何も反応しない次郎の、綾子の背を撫でる指の優しさに直角は感動していた。実の息子の顔も分からないこの人の手の優しくて美しいこと。直角はそれだけを見つめていた。

すると三郎は綾子の前に正座するといきなり両手をつき、深々とお辞儀をして言った。

「父がご迷惑をおかけしました。申し訳ございません」

驚いて綾子が顔を上げると、三郎は頭を下げたまま言葉を続けた。

「しかも生活の面倒まで見ていただき、感謝の言葉も見つかりません。ありがとうございます」

それからゆっくりと顔を上げ、初めて目を合わせると、「息子の三郎です。初めまして」と会釈をした。

格好いいじゃないか、三郎。

直角は心から嬉しかった。

自分の立場はあくまで他人だから、と遠慮をしていたが、実は三郎には、もう親父さんを許してやってくれ、と言ってやりたかったのだ。

しかし心は通じていた。

「父を恨んだことはありません」と三郎は言った。「むしろ面白い人生を頂いたと思います」

それから綾子に向かって言った。

「私が引き取るべきなのでしょうが、それは父が望まないことでしょう。もしもお許しいただけるのであれば父を看取っていただけませんでしょうか」それからこう言った。「失礼ですが、父のために仕送りをさせてください」

綾子はただ、さめざめと泣くばかりであった。

三郎はそれから何も言わぬ父に向かって小声で何やら話しかけていたが、ぼうっと焦点の合わぬ眼差しで遠くを見ている父に、やがて得心したように笑顔を向けると、綾子にもう一度ありがとうございます、と言った。

こうして直角と三郎は次郎の家を後にした。

二人きりで京成立石駅近くの喫茶店で向かい合った時、ようやく三郎は少し震える声で、「会えるもんだなあ」と言った。「直角のお蔭だなあ」と。

「よくあそこまで優しくなれたたな」直角がそう言うと、「いや、本当は辛いが、もういいんじゃないかと思う」と答えた。

長い間二人は黙って座っていた。

騒ぎになったのは三郎がフランスへ戻った直後のことだった。

三郎の母親が大日フィルの事務所へ現れたのだ。そして改めて高田次郎の現住所の開示を求めた。

四半世紀が過ぎたとはいえ、忽然と姿を消し、忽然と現れたのだから、その時間が仮に半世紀や一世紀でも、なかったのと同じだ、と言う。

従って、あの時の心の痛手に対する慰謝料を求める権利があるというのだ。

百歩譲ってその主張は理解出来るとしても、聞けば既に認知症に足を踏み入れたとおぼしきかつての夫に、しかも自分は再婚しておいて今更何を言うのか、と梶原は思った。失踪後三年経って彼女が再婚をした瞬間に、次郎との婚姻は消滅し破棄されているのである。

だが彼女にとって、次郎がストラディヴァリウスのチェロを所持しているはずだ、という一点だけはどうしても譲れないところだったようだ。

彼女から、時価数億円という楽器を次郎が持っているという根拠は示されなかったけれども、少なくとも次郎が確かに楽器を所持しているのは事実だから、仮にそれが百万円の価値しかなくても、それは夫婦の共有財産であるから、そこから幾ばくかの慰謝料を支払ってもらってしかるべきだ、というわけなのである。

切ない気はするが、たしかに彼女を捨てて蒸発した責任は重い。

梶原から連絡が入った直角は、直ちに三郎とコンタクトを取り、三郎の希望通りに動くと告げた。そして三郎の頼み通りに次郎と綾子の二人を東京から連れ出し、長野県蓼科《たてしな》の山本家の別荘に移した。

そこで一月ほど隠遁生活を送る間に、三郎が帰国して母との仲立ちをしたわけである。

色々大変なことはあったようだが、三郎は一千万円程度のお金を渡して母を納得させることに成功した。

それで一件落着かと思えたが、今度は三郎が二人をパリに移すと言った。

直角は反対し、三郎の帰国を促したが、これで二人の仲がこじれた。

直角にしてみれば、自分が間に立って二人を守ったのだから、今度は三郎に言うことを聞いてほしいと思う。

三郎にしてみれば、今の彼の立場やそこに到るまでの様々な苦労があり、そう簡単に自由にはならない、というもどかしさがある。

二年後には自由になるが、すぐには無理だ、と三郎は言った。

「では二年間俺が二人を守ろう」とまで言ったが、三郎は譲らない。

「日本で生活する気はない」

「ああ、二度と帰ってくるな。絶交だ！」直角はとうとう言った。

三郎は寂しそうに笑った。

そして半年後、三郎は一度帰国し、二人を連れてフランスへと旅立っていった。

＊

「めでたしめでたし。ですかね」とテル。

「うん。まあ、ね」と山本先生。

その後は再び三郎と連絡の取れない状況になったのだそうで。

「え？　先生にそれだけ世話になったのに？」とブン。

「じゃあそれから何年になります？」とテル。

「そうさね、もう二十年だなあ」

「へえ、それきりなんですか」とヘロシ。

「親父さんはそれから何年か後に亡くなったと、風の便りに聞いた」

「風の便りって何ですか？　誰から聞いたんですか？」エノさん、すっかりとんがってますな。

「何怒ってるんだよ。事務所の梶原だよ」

「何故事務所が知っていて先生が知らないんですか」エノさんむくれましたね。

「それから、人の噂ではそのまま母子として三郎が綾子さんと暮らしていて、三、四年前に日本に帰ってきて居酒屋を始めたって聞いた」

「え」

一瞬全員の息が止まりました。

皆に同じ思いが生まれたのでございます。

「あの……」と乾いた声でブンが言います。

「その居酒屋って……まさか」

「やっぱりそう思うかい」山本先生が大きなため息をつきました。

なるほど確かに山本先生の言う高田三郎が銀河食堂のマスターであったとすれば、お母さんと呼んでいる人がその、篠田綾子であるとすれば、何もかも腑に落ちる気がするではありませんか。

「銀河食堂の話を聞いた時にね。最初から僕の胸の中に三郎しか浮かばなかった」

「え、じゃ、あのチェロ、ストラディヴァリウスなの？」とブン。

「見せてもらえばすぐに分かるけどね」と山本先生。

「まさに一々腑に落ちますね」とテル。

「マスターのどことなく品のいいところ、小柄で美人のお母さんの声の綺麗なこと、食べ物の旨さ、何もかもが一致しますね」とヘロシ。

「おい。あっという間に五時過ぎだぜ。表はもう暗い」と和夫。

「先生、三郎さんに会いに行きませんか、今すぐ」テルが少し興奮してそう言いました。

一同息を呑んで山本先生を見つめます。

「絶交って言っちゃったけど」

「時効ですよ、先生」とフトシ。

もうみんな腰を浮かせています。

「では会いに行こう!」

山本先生の一言で、エノさんが部屋を飛び出して会計をします。

「車止めろ」とブンが言うと山本先生がそれを制します。「そう遠くないんだろう? 歩いていこうじゃないか」


それでもってぞろぞろと、七人の男が肩を並べて奥戸街道を四つ木へ向かって歩き始めます。

「お、風が冷たくなったなあ」山本先生が呟きました。

京成線が高架になってすっかり風景が変わってしまいましたが、渋江公園の辺りはそう変わってません。

「あの角を曲がれば左手にお店がありますよ」テルがそう言った途端、「あ！　やっと思い出した」とヘロシが急に大声をあげました。

「高田三郎って……宮沢賢治の……」

「あ！」と叫んだのは山本先生です。

「次郎先生はそういえば宮沢賢治が大好きだったよ」

「風の又三郎……だったのか」とヘロシが何故か涙ぐんで頷いています。

「おーい。ここ、ここ」

先に走って行ったテルが、はしゃぐように手まねきをしながら、銀河食堂のドアの取っ手に手をかけました。

カウベルがカランと鳴りました。

解説

南沢奈央

行きつけの飲み屋さんがある。

そこはカウンター五席ほどと二人用のテーブルが一つ。こぢんまりとしていて隣との距離も近いから、否が応でも隣の会話が耳に入ってくる。それはお互い様で、こちらの会話も周りに聞こえているから、結局はその場にいる全員で話すことになる。もちろん、カウンターの中の店主も。

そうしていつの間にか、他の地元の常連さんと顔見知りになり、行けば挨拶を交わして一緒に飲むようになる。

「良い酒場は良い集会場でもあり、良い学舎《まなびや》でもあります。生徒同士は、あっという間に打ち解けて参りますな」。ほんとうにその通り。

さらに仲良くなると、他のお店に飲みに行ったり、遠出して美味しいものを食べに行ったり、おうちにお邪魔したり。はたまた、わたしの出演する舞台を見に来てくれたりもする。

そもそも、その飲み屋に行くようになったのも、近所の八百屋さんで会って仲良くなった人が連れて行ってくれたからで、そもそもその八百屋さんに通うようになったのはこれまた近所のバーで知り合った人が営んでいたからで、そもそもそのバーに行くようになったのは父親が連れて行ってくれたから。

お酒を飲むのが好きなわたしが、居心地の良い飲み屋にたどり着き、楽しい仲間に出会えたのも、縁が縁を呼んだからである。


いろんな縁が、〝連鎖〟している。

初めて読んだときと、まったく同じ言葉が浮かんだ。

実は二〇一八年秋頃、単行本が出版されて間もなく、ある新聞に本書についての書評を寄稿させていただいたことがあった。

〈同じ場所で、ひとつの物語を共有することで〝情〟が連鎖していく——、わたしももう銀河食堂の〝情連〟と言っていいだろうか。……いや、〝常連〟になれるように、また銀河食堂の夜にお邪魔させてもらいたい〉。

改めて見ると少し恥ずかしくなるような駄洒落（？）を用いつつ締めくくったのだが、それはさておき、約二年ぶりに「銀河食堂」の扉を開けたら、やはり「連鎖」という言葉が出てきたのだった。

本書の舞台は、葛飾《かつしか》・四つ木銀座の中ほどにある「銀河食堂」という名の小さな飲み屋。そこへ集う個性豊かな常連客たちが、飲みながら繰り広げる物語の数々を聞いていると……、そうなのだ、本書を読んで不思議なのは、活字を追って読んでいるはずなのに、話を聞いている感覚になる。まるで、銀河食堂の一席に自分も座って、一緒に飲みながら、話を聞いているよう。まるで、ヲトメのヘロシやオヨヨのフトシ、マジカのケンタロー、まさかのお恵《けい》、むふふの和夫の声が聞こえてくるよう。

常連客それぞれに二つ名があるのが羨ましいという話はおいておいて。そのような読書体験ができるのは、文章の語り口が見事だからだろう。言葉選びからテンポまで、声に出して読みたくなる小気味良い文章だ。

各篇の冒頭、本題に入る前の「銀河食堂」についての説明や季節の話、〝お母さん〟の作る料理の話などは、落語で言うところのマクラであり、登場人物があーだこーだと話しているうちに回想シーンに入ってはまた戻る。トイレに行ったりなんかして、「手ぇ洗ったのかよ、てめえ」「洗うどころか、慌ててたんで脇へこぼした」と長屋の会話でありそうなやり取りが繰り広げられ、回想のつづき。そして最後には、読者にしっかり渡すような一文でサゲる。数年前に見た、さだまさしさんの武道館ライブのMCが、〝話芸〟と言いたいくらいで、一つの芸として魅了されたことをふと思い出した。

こういった文章と構成になっているからこそ、常連たちが語る物語＝回想シーンがシリアスな内容になっていても、その話をしている「銀河食堂」の空気は軽やかで、あたたかく、ホッとできるのだ。

まさにわたしの行きつけの飲み屋もそんな感じで、ほろ酔いになって正直な悩みなどを吐露しても、重く受け止めて深刻になるような人はおらず、と言ってちゃんと聞いてはくれている。真面目な話をしていても、ぜったいにどこかで脱線していく。たとえ実際に何も解決してなかろうが、そうこうして良い感じに酔っぱらってお店を出ると、何だかすっきり、前向きな心持になっている。

お酒が進めば話が盛り上がり、話が盛り上がるとさらにお酒も進む。
「銀河食堂」でも、マスターが良きタイミングでお酒を勧めてくれるからたまらない。
このマスターというのも、非常に気になる存在だ。品の良い物腰で無駄口が少ない。なおかつダンディ。またお店には、〝お母さん〟と呼ばれる女性が日に一度二度、料理を持って現れる。マスターの経歴は？　マスターと〝お母さん〟の関係は？

ミステリアスな「銀河食堂」の謎を解くのが、最後の『セロ弾きの豪酒』だ。

この一篇だけは舞台が「銀河食堂」ではない。老舗の甘味処「響庵」というお店。そこに集まった中学校の同級生たちのもとに合流した、エノさんの知り合いである指揮者の山本直《やまもとなお》角《ずみ》先生。「銀河食堂」の話を聞いているうちに、もしかしたらマスターは知り合いかもしれない、と山本先生が言い出し、過去のある出来事について語られ始める。

いつも自然にそこに佇んでいたマスターの過去が紐解かれただけで、ぐっと心が近づく。人それぞれに歩んできた人生がある。まさに、「まことに生きることは悲喜こもごも」。

彼らが繰り広げる物語の数々を聞いていると、情というものが呼び起こされる感覚がある。出会った人の人生を少しだけでも想像して、寄り添いたくなる。「銀河食堂」に掛けられた柱時計がときどき、ボオンボオンと鳴り響くように、その場にいる全員の胸を打ち、共鳴していく。

「銀河食堂」には人の力を超えたところで、人と人とを結びつける力がある。

わたしもこれから飲み屋さんの扉を開くとき、それが、人生の扉を開くような大事な一歩に思えるかもしれない。

……と言ってはみたが、出るときにはほろ酔いでそんなことは忘れているだろう。でも、それはそれで。

――女優

この作品は二〇一八年九月小社より刊行されたものです。
この物語はフィクションです。実在の人物・団体等とは関係ありません。

幻冬舎文庫

●好評既刊

精霊流し

さだまさし

ミュージシャンの雅彦は、成長する中で、大切な家族、友人たちとの出会いと別れを繰り返してきた。人生を懸命に生き抜いた、もう帰らない人々への思いを愛惜込めて綴る、涙溢れる自伝的小説。

●好評既刊

解夏《げげ》

さだまさし

病により徐々に視力を失っていく男。故郷の長崎に戻った彼の葛藤と、彼を支えようとする愛する人との触れ合いを描く表題作「解夏」他、全4作品。人間の強さと優しさが胸をうつ、感動の小説集。

●好評既刊

眉山

さだまさし

母はなぜ自分に黙って献体を申し込んだのか？母の命が尽きるとき、娘は故郷・徳島に戻り、毅然と生きてきた母の切なく苦しい愛を知る。『精霊流し』『解夏』に続く、感動の長篇小説。

●好評既刊

アントキノイノチ

さだまさし

杏平はある同級生の「悪意」をきっかけに二度、その男を殺しかけ、高校を中退して以来、心の病を抱えていた。そんな彼が遺品整理会社の見習い社員になり、「命」の意味を知っていく。感動長篇。

●好評既刊

風に立つライオン

さだまさし

一九八八年、恋人を長崎に残し、ケニアの戦傷病院で働く日本人医師・航一郎のもとへ、少年兵・ンドゥングが担ぎ込まれた。二人は特別な絆で結ばれるが、ある日航一郎は……。感涙長篇。

銀《ぎん》河《が》食堂《しょくどう》の夜《よる》

さだまさし

令和2年12月10日　初版発行

発行人――石原正康
編集人――高部真人
発行所――株式会社幻冬舎
〒151-0051東京都渋谷区千駄ヶ谷4-9-7
電話　03(5411)6222(営業)
　　　03(5411)6211(編集)
　　　振替00120-8-767643
印刷・製本―中央精版印刷株式会社
装丁者――高橋雅之

幻冬舎文庫

ISBN978-4-344-43038-9　C0193　さ-8-12

幻冬舎ホームページアドレス　https://www.gentosha.co.jp/
この本に関するご意見・ご感想をメールでお寄せいただく場合は、
comment@gentosha.co.jpまで。